Körpersprache im Bild
Die unbewußten Botschaften. Ihre
Merkmale und Deutung auf einen Blick.

Bernd H. Reutler

Körpersprache im Bild

Die unbewußten Botschaften.
Ihre Merkmale und Deutung auf einen Blick.

Weltbild-Verlag

Genehmigte Lizenzausgabe für Weltbild Verlag GmbH, Augsburg 1993

Printed in Austria
ISBN 3-89350-660-8

Inhaltsverzeichnis

Vorwort

Wenn Sie bedenken,
daß Sie etwa die Hälfte der Informationen, die über Ihre Persönlichkeit und Glaubwürdigkeit Aufschluß geben, der Umwelt durch Ihre Körpersprache vermitteln,
daß das, was Sie sagen, nur eine Botschaft ist, Ihre körpersprachlichen Rahmensignale aber die viel entscheidendere Botschaft über die Botschaft sind,
daß Sie zwar mit Worten reden, sich aber mit Ihrem ganzen Körper unterhalten,
daß Sie nicht nur Zuhörer, sondern auch Zuschauer haben,
daß Sie gerade mit Ihrem körpersprachlichen Ausdruck in besonderem Maße Emotionen hervorzurufen, d.h. zu begeistern und Sympathie zu wecken vermögen,
daß Sie auf solche Weise Ihren Argumenten besonderen Nachdruck zu verleihen imstande sind,
dann sollten Sie der Körpersprache einmal Ihre besondere Aufmerksamkeit schenken!

Dieses Buch möchte Ihnen auf anschauliche Weise dieses so wichtige Rüstzeug für unsere Kommunikationsfähigkeit im beruflichen und privaten Bereich vermitteln. Es möchte Ihnen helfen, sich aus einer durch Konventionen und Zwänge auferlegten Körpersprachlosigkeit zu befreien. Die Bilder sollen Sie dazu ermuntern, Ihrem eigenen Denken und Wollen einen wirkungsvolleren sichtbaren Ausdruck zu geben, auf daß Sie in Zukunft noch mehr Eindruck zu machen vermögen. Denn Sympathie weckt Sympathie. Begeisterung reißt mit.

Das Fremdwort ,,Kinesik" (für Körpersprache) mag Ihnen zunächst ,,chinesisch" vorkommen. Wenn Sie aber an Kino denken, an die Zeit, als ,,Die Bilder laufen lernten", an den Stummfilm also, dann haben Sie die Erklärung:
Kinesik ist die Lehre von der ,,sprechenden Bewegung".

Gegenstand dieses Buches ist jedoch nicht die große theatralische Mimik und Gestik, die starke Affekte und dramatische Emotionen sichtbar machen wollen, sondern es sind die kleinen, fast unscheinbaren Signale, die wir auf der Bühne des täglichen Lebens ganz unspektakulär aussenden. Die unbewußten Botschaften, die uns unkontrolliert, als eine Art körpersprachlicher ,,Versprecher" entschlüpfen, sollen hier gezeigt und gedeutet werden. Das eben ist das Interessante, das Faszinierende an der Körpersprache: Obwohl wir alle täglich mit ihren ,,Worten" und ,,Sätzen" zur Umwelt ,,sprechen", sind wir uns dieser Tatsache kaum bewußt. Indem wir sie unwillkürlich und unkontrolliert als Kommunikationsinstrument gebrauchen, sind wir mit unseren nicht-sprachlichen Äußerungen am direktesten und ehrlichsten. Mit Worten läßt sich trefflich lügen, durch unser Sprechen vermögen wir das Wesentliche zu verschweigen. Die körpersprachlichen Rahmensignale aber, diese heimliche Begleitmusik unseres stimmlichen Vortrags, lassen die Wahrheit durchsickern. Wir bedienen uns der Körpersprache so selbstverständlich wie der Muttersprache: ohne die Worte, die Sätze, die Grammatik jedesmal zu reflektieren — so selbstverständlich ist uns ihr Gebrauch geworden. Dadurch entgehen uns aber die Nuancen. Wer für die Wirkung der Sprache ein besonderes Gespür entwickeln will, muß sich mit ihren Eigentümlichkeiten bewußt vertraut machen. Auch eine besondere Sensibilität für die Körpersprache läßt sich entwickeln. Wir können uns ihre Eigenarten wieder bewußter machen, um ihre Signale besser zu verstehen und zu erkennen, welch wichtige Rolle sie in unserem Sozialverhalten spielt.

Lernen Sie also durch den hier gegebenen Anschauungsunterricht ein einfühlsameres Verhalten, das von Wahrhaftigkeit und Glaubwürdigkeit geprägt ist, indem es Ihre innere und äußere Haltung in Einklang bringt — ein Verhalten also, das dem Streßabbau dient und somit der müheloseren Bewältigung zwischenmenschlicher Probleme.

Dazu will dieses Buch Ihnen eine Hilfe geben, indem es eine anschauliche systematische Darstellung der körpersprachlichen Signale von ,,Kopf bis Fuß" bietet. Natürlich kann das hier gezeigte Anschauungsmaterial keinen Anspruch auf Vollständigkeit erheben; dazu ist die Zahl der Variationen und Kombinationsmöglichkeiten viel zu groß. Dieses exemplarische Kompendium ist aber sicher ein Fundament, auf das Sie Ihr neues, bewußtes Erleben der Körpersprache gründen können.

Einführung in die Körpersprache

Die Wurzeln der Körpersprache

Was gibt uns die Sicherheit zu sagen, daß die Körpersprache ein System ist, dessen Zeichen einen Aussagewert haben, dem eine gewisse Verbindlichkeit zugestanden werden kann?
Die moderne Forschung ist sicher, daß uns ein bestimmtes Programm angeboren ist, das Gefühlsregungen mit mimischen Reaktionen koppelt. Die Primär-Affekte wie Freude und Trauer, Liebe und Haß, Genuß und Ekel, Erschrecken, Zorn und Scham zeichnen sich auf den Gesichtern aller Menschen aller Rassen und Kontinente auf ähnliche Weise (mit durch kulturelle Unterschiede bedingten kleinen Varianten) ab. Viele unserer Reaktionen, die von bestimmten Gefühlen ausgelöste Muskelbewegungen sind, müssen als uns Menschen angeboren und eigentümlich gelten.

Unsere Fluchtreaktionen, unsere Angst vor körperlicher Beschädigung, unser Bedürfnis, uns vor Angriffen zu schützen, sind gekennzeichnet durch bestimmte körperliche Aktionen, die sich reflexhaft ereignen, da ein bewußtes Reagieren eine gefährliche Verzögerung mitbeinhalten würde. Solche Reflexe sind uns angeboren. Sie zeigen sich auch in Situationen, die keine echte körperliche Bedrohung darstellen, sondern in denen der Wunsch nach Flucht oder Schutz aus einem psychischen Druck resultiert.
Der seitlich nach hinten ausweichende Kopf und das Abdecken der Halsschlagader mit beiden Händen sind Selbstschutzreaktionen, die wir instinktiv (nach einem uns angeborenen Muster) vollziehen.

Unser ,,Ich" setzt sich aus drei unterschiedlichen ,,Ichs" zusammen: Dem unbewußten Kindheits-Ich, dem analytisch begabten Erwachsenen-Ich und dem Eltern-Ich. Unser Eltern-Ich ist gekennzeichnet durch allerlei Ge- und Verbote, die sogenannte Moral, das sogenannte Gewissen, durch die von den Eltern (später auch von der übrigen Umwelt) übernommenen Verhaltensweisen und Gewohnheiten. Unser Tun ist hier meist Imitation; unsere Reaktionen, die Art und Weise, wie wir etwas ausdrücken, sind erlernt, sind nachgemacht.
So auch die Form, in der sich hier jemand bemerkbar macht, indem er den Zeigefinger hebt: Wir haben gelernt, uns auf solche Weise zu ,,melden".

Als dritte Quelle, die unser körpersprachliches Repertoire speist, ist unser kulturelles Erbe zu nennen. Traditionen, religiöse und weltliche Rituale und Zeremonien sind hier gespeichert.
Vom Händedruck übers Schulterklopfen bis zur Umarmung und zum Kuß reicht die Kette der Begrüßungsrituale, die in unserem Kulturraum üblich sind.

Merke:
Es ist zu bedenken, daß ein bestimmtes körpersprachliches Verhalten auch aus einem körperlichen Gebrechen resultieren kann. Dies wäre bei der Deutung der Signale dann unbedingt zu berücksichtigen. Auch ist es möglich, daß eine besondere Eigenart zurückzuführen ist auf eine umweltbedingte Angewohnheit: Ein Bauer, der ein Leben lang die Augen zusammengekniffen hat, um sich gegen aufwirbelnden Staub und Sonnenblendung zu schützen, mag trotz seines verkniffenen Gesichtsausdrucks eine Frohnatur sein.

Kulturelle Unterschiede

Körpersprache ereignet sich im Raum. Unterschiedliche Kulturen haben unterschiedliche Raumerfahrungen. In einer Fernsehsendung äußerte sich ein Mitglied der japanischen Kolonie in Düsseldorf: „Die Stadt ist wunderbar, nur schade, daß es hier so wenig Menschen gibt!" Ein ähnliches Bedürfnis nach körperlicher Nähe auf engem Raum zeichnet die arabischen Völker aus. Es ist klar, daß ein solches Bedürfnis Rückwirkung hat auf die körpersprachlichen Signale. Wir Mitteleuropäer lieben es, mehr Abstand zu halten. Aber nicht nur das Distanzverhalten ist in verschiedenen Kulturen unterschiedlich. Daher die Einschränkung, daß die in diesem Buch gezeigten Verhaltensweisen allein für den mitteleuropäischen Raum gelten!

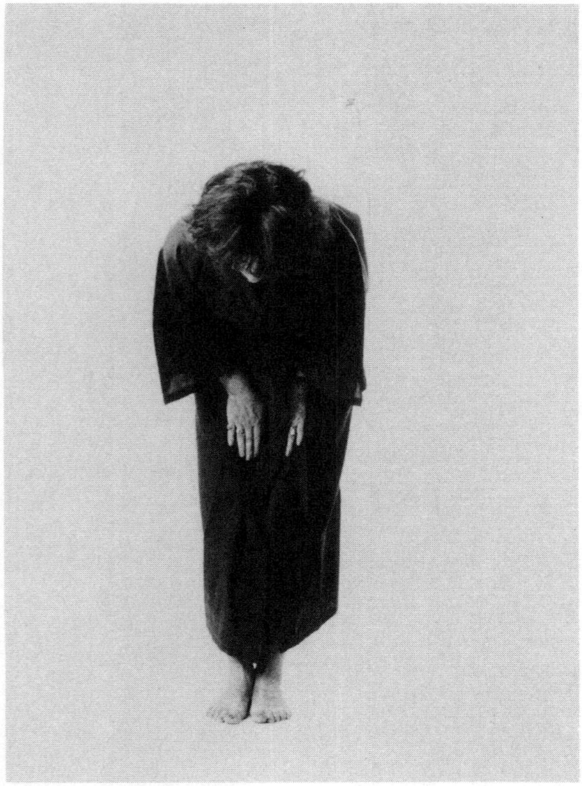

Die japanische Förmlichkeit mag uns befremden. Häufigkeit und Tiefe der Verbeugungen würden hierzulande als Katzbuckelei empfunden; für den Japaner sind es sehr differenziert geregelte Zeichen der Höflichkeit und Achtung.

Die emphatische (leicht opernhafte) Geste mit großer Bewegungsweite, das sogenannte Sprechen mit den Händen, mit dem jede Aussage nachdrücklich unterstrichen und quasi in die Luft gemalt wird, sind Kommunikationsmerkmale, die bei dem etwas nördlicher angesiedelten Menschen verpönt sind. Es ist zu überlegen, ob es nicht wünschenswert wäre, daß auch in unseren Breitengraden der natürliche Impuls zum angemessenen gestischen Begleiten der Rede etwas weniger unterdrückt würde. Bei den Italienern ,,ist der ganze Körper geistreich, alle Glieder nehmen Teil an jedem Ausdruck des Gefühls, der Leidenschaft, ja des Gedankens'' (Goethe). Ist dies für uns, deren Gestik dagegen doch etwas ärmlich ist, nicht bedenkenswert? Die Nachdrücklichkeit unserer Rede (auch im Gespräch) erhält durch gestische Unterstreichung jedenfalls eine erhöhte Wirkung!

Kein Zweifel: Der Amerikaner erlebt seine Privatsphäre ganz anders als beispielsweise wir Deutschen. Wir gelten als Land der Zäune und Mäuerchen, die klare Abgrenzung schaffen. Wir wollen in geordneten Verhältnissen leben, die gottseidank nicht mehr gar so preußisch geregelt sind, wie dies früher einmal der Fall gewesen sein mag. Dennoch würde eine laxe Haltung, zu der sich ein Amerikaner einfach die Freiheit nimmt, in unserer Gesellschaft immer noch als unpassend gelten.

Körper und Seele

„Nichts ist drinnen, nichts ist draußen,
Denn was innen ist, ist außen."

Mit diesem Zweizeiler hat Goethe den Grundgedanken der Ausdruckspsychologie formuliert. Aber auch die Vielzahl der stehenden Redewendungen, die zu Klischees geworden sind, über deren Ursprung wir gar nicht mehr nachdenken, zeigt, wie sehr der Zusammenhang von seelischem Befinden und körperlichem Ausdruck schon längst eine Volksweisheit ist: Da gibt es „finstere und strahlende Blicke", da steht jemand mit „erhobenem Haupt" und „stolz gereckt"; einer trägt den „Kopf immer oben" und hat einen „aufrechten Gang"; ein anderer kommt sich „ganz klein vor", trägt „eine Last auf gebeugten Schultern" und hat einen „verbissenen Zug um den Mund". Die Militärs wissen schon, warum sie „die stramme Haltung" fordern! All diese bildhaften Ausdrücke belegen den Zusammenhang zwischen einem emotionalen Zustand und seiner sichtbaren körperhaften Form. Wir kennen auch die negativen Auswirkungen dieses Wechselspiels: Der Streßgeplagte ist zugleich von Verspannungen geplagt, die Schultern, Nacken und schließlich den Kopf schmerzen lassen. Die Psychosomatik weiß, daß Leib und Seele eine Einheit sind, daß also ein enger Zusammenhang besteht zwischen seelischem Zustand und körperlichem Befinden. Wer sich „ganz schlapp" fühlt, der läßt Kopf und Schultern hängen. Die äußere Haltung gibt also verläßliche Aufschlüsse über den seelischen Zustand eines Menschen.

Wissenschaftliche Forschungen sind zu dem Ergebnis gekommen, daß für verschiedene Emotionen verschiedene Programme genetisch festgelegt sind, die den Ausdruck von Emotionen bestimmen. Entwicklungsgeschichtlich ist es wohl so, daß beispielsweise das Entblößen der Zähne eine zielgerichtete Verhaltensweise war, die das Beißen des Gegners einleitete. Es wurde damit Wut assoziiert und trat auf, sobald die Emotion „Wut" verspürt wurde. So ist es geblieben: Wir knirschen vor Wut mit den Zähnen.

Wenn also ein bestimmter Sinneseindruck (z. B. der Anblick einer Zitrone) in uns ein Gefühl oder Erlebnis wachruft (z. B. die Vorstellung ihres sauren Geschmacks), dann resultiert daraus der Antrieb zu einer körperlichen Reaktion (wir verziehen z. B. den Mund und rümpfen die Nase).

Kommt man uns mit einem Vorschlag, einem Auftrag, einer Forderung, die Unlustgefühle in uns hervorrufen, dann reagieren wir ähnlich „sauer".

Unsere Gefühlsregungen innervieren Muskelbewegungen. Diese Muskelbewegungen sind der körperliche Ausdruck unserer Gefühlsregungen. So wird der Körper zum Ausdruck der Seele.
Nun stellen Sie sich einen Menschen vor, der auf alles und jedes im Leben „sauer" ist und „sauer" reagiert. Einem solchen säuerlichen Typ verkümmern die Lachmuskeln, deren Gegenmuskel hingegen so erstarkt, daß die Mundwinkel nun beständig heruntergezogen scheinen.
Wie ist das eigentlich: Hängen einem Griesgram die Mundwinkel herunter, weil er „sauer" ist, oder ist er vielleicht „sauer", weil ihm die Mundwinkel herunterhängen?

Ist der Gesichtsausdruck Folge der Emotion, oder ist die Emotion Folge eines Gesichtsausdrucks?
Machen Sie das folgende Experiment: Drücken Sie das Kinn gegen die Brust, pressen Sie die Zähne zusammen, ziehen Sie die Augenbrauen zusammen, stieren Sie auf den Boden! Fixieren Sie diesen Ausdruck und horchen Sie in sich hinein, welchen Eindruck Sie sich selbst damit machen! Kein Zweifel: Psychischer Zustand und physisches Verhalten stehen in einer Wechselwirkung, so daß eine physische Aktion (beispielsweise ein willentlich hergestellter Gesichtsausdruck) tatsächlich ein bestimmtes Empfinden hervorrufen kann.
Es ist durchaus so, daß Sie eine optimistische Grundhaltung mit dadurch erlangen können, daß Sie Ihren Mißmut ganz bewußt aus Ihrem Gesicht vertreiben und sich zu einem unverkrampften Lächeln anhalten.

Die Francis-Galton-Story

Vor hundert Jahren lebte in London Francis Galton als anerkannter Forscher und Begründer der modernen Erblehre. Eines Tages machte er folgenden Gedanken-Versuch: Bevor er seinen alltäglichen Morgenspaziergang in London antrat, stellte er sich ganz fest vor: ,,Ich bin der bestgehaßte Mensch Englands!" Nachdem er sich einige Minuten auf diese Vorstellung konzentriert hatte — praktisch eine Selbsthypnose —, trat er seinen Spaziergang an wie immer. Doch das schien ihm nur so. Denn tatsächlich passierte folgendes: Einige Passanten riefen ihm Schimpfworte zu oder wandten sich mit Gebärden des Abscheus von ihm ab; ein Hafenarbeiter rempelte ihn im Vorbeigehen mit dem Ellbogen an, so daß er hinfiel. Sogar auf Tiere schien sich diese Animosität gegen ihn übertragen zu haben. Denn als er an einem Droschkengaul vorbeiging, schlug dieser aus und trat Galton in die Hüfte, so daß er wiederum zu Boden ging. Als es daraufhin einen kleinen Volksauflauf gab, ergriffen die Leute auch noch für das Pferd Partei — worauf Galton das Weite suchte und in seine Wohnung zurückeilte.
Diese Geschichte ist verbürgt! (Hier wiedergegeben nach M. Birkenbihl.)

Wenn Sie heute einem Francis Galton begegnen würden, woran würden Sie ihn wohl erkennen? Welche der unten angeführten körpersprachlichen Merkmale würden Sie ihm zuschreiben?
Wie war sein Gang (Bewegungsweite, Bewegungstempo)? Ungesteuert — ausfahrend — knapp — ausgreifend — flott — gelassen — lahm — hastig — ruhig?

Wie war seine Körperhaltung (Bewegungsrichtung, Distanzzonen)? Oberkörper vorgewölbt — Oberkörper seitlich — hochgereckt — zusammengezogen — in fremde Körperzonen hineinragend?
Wie waren Haltung und Bewegung seiner Arme und Hände? Herabhängend — vorgestreckt — heftig von oben nach unten geführt — auf den Rücken gelegt — auf der Brust verschränkt — Handflächen nach vorn mit gespreizten Fingern?

Wie hielt er Schulter und Kopf? Hochgezogen — gekrümmt — nach vorn gedrückt — nach vorne fallend — aufgerichtet — ruckartig zurückgeworfen — geneigt — hängend — gesenkt und gespannt?
Wie war sein Mienenspiel (Auge, Blick, Mund)? Voll geöffnet — verhängt — geschlossen — zugekniffen — seitlich — von unten — von oben herab — geradeaus — verengt — unruhig — fest fixiert — offen — Schnute — Biß auf die Lippen — gesenkte Mundwinkel — angehobene Mundwinkel — lächelnd — verpreßte Kiefer?

Merke:
Der Mensch gibt sich so, wie er denkt! Es ist nicht notwendig, der Umwelt seine innere Einstellung durch Worte mitzuteilen. Die Mitmenschen erspüren unsere Stimmung an unserer Körpersprache!
Bevor Sie sich zu einem wichtigen Gespräch begeben, sollten Sie sich — ähnlich wie Francis Galton — autosuggestiv in eine bestimmte Stimmung versetzen: in eine positive, bejahende! Auch der schwierigste Gesprächspartner verfügt über positive Eigenschaften, die Sie für Ihre Einstellung zu ihm bedenken sollten!

Sender und Empfänger

In einem Interview sagte die ,,Unternehmerin des Jahres 1984": ,,Ich schau mir oft nicht einmal die Unterlagen eines Bewerbers an..., ich schaue ihn nur an und überlege, ob ich mit ihm ‚kann' oder ob er mich schon nervt, wenn er zur Tür hereinkommt." Das ist nicht das spezielle Verhalten einer Frau mit bestimmter Intuition, nein, dieses Verhalten bestätigt nur die allgemein gültige Aussage, daß jedes Gespräch eine Sach- und eine Beziehungsebene hat, und daß letztere die ausschlaggebende ist, die über Gelingen oder Mißlingen eines Gesprächs entscheidet. Die Beziehungsebene aber wird aufgebaut durch die nichtsprachlichen Botschaften, zu denen auch der Klang der Stimme und die Sprechweise (Artikulation, Lautstärke und Tempo) zu rechnen sind.
Ein Grundsatz aller Kommunikation lautet: Es ist nicht möglich *nicht* zu kommunizieren. Wir sind Sender und Empfänger von Botschaften. Und noch ein Grundsatz: Entscheidend ist nicht, was A sagt, sondern was B hört (zu hören meint). Störungen auf der Sachebene sind durch gekonnte Feedback-Techniken vermeidbar oder zumindest korrigierbar. Störungen auf der Beziehungsebene lassen das Gespräch scheitern.

Ziel eines jeden Gesprächsbeginns muß es daher sein, ein Sympathiefeld aufzubauen, eine positive Atmosphäre zu schaffen. Worauf es zunächst ankommt, ist, die Stimmungslage des Partners richtig einzuschätzen. Ich darf einen Gesprächspartner, den ich in gereizter Stimmung antreffe, nicht als Witzbold überfallen. Ich werde zunächst versuchen, mich auf seine Stimmung einzustellen, was nicht heißen soll, mich gegebenenfalls mit seiner miesen Laune zu identifizeren. Meine positive Grundeinstellung muß ich mir erhalten.

Die Art unseres Ausdrucks macht einen bestimmten Eindruck. Wir dürfen darauf vertrauen, daß wir mit unseren körpersprachlichen Signalen bei unserem Gegenüber ein identisches Signal auszulösen imstande sind! Denken Sie nur an das sprichwörtliche ansteckende Gähnen und ansteckende Lachen! Versuchen Sie also, durch positive körpersprachliche Signale eine Atmosphäre zu schaffen, die dem Partner hilft, aus seinem möglichen Stimmungstief herauszukommen!

Öden wir unseren Gesprächspartner nicht an! Zeigen wir ihm unsere positive Grundeinstellung! Gewinnen wir durch unsere Sympathie seine Sympathie!

Beeinflussung durch körpersprachliche Signale

Die meisten Gespräche haben zum Ziel, ein bestimmtes Handeln herbeizuführen. Wir wollen den Partner motivieren, ein von uns gewünschtes Verhalten an den Tag zu legen, wobei wir selbstverständlich das Bedürfnis und die Bedürfnisbefriedigung des Partners (z.B. eines Kunden) mit im Auge haben müssen. Bedenken Sie: Mit unseren körpersprachlichen Signalen vermögen wir unser Gegenüber sowohl positiv als auch negativ zu beeinflussen! Unsere Zustimmung oder Mißbilligung ist an unserer Haltung sofort ablesbar. So vermögen wir aufzumuntern und zu verunsichern, das Selbstwertgefühl des Gesprächspartners zu heben oder zu verletzen, die Kommunikation zu fördern oder zu stören. Wir alle bedürfen des Feedbacks (der Rückmeldung), um zu erkennen, wie es mit uns und unserer Sache steht. Und die Rückmeldung beeinflußt entscheidend unser weiteres Verhalten! Kein Mensch ist so selbstsicher, daß er von den Signalen der Umwelt unberührt bliebe!

Wollen wir etwas bewirken, müssen wir unsere Partner motivieren! Motivation mittels negativer Aussage kann nicht gelingen. Wir müssen uns daher auch körpersprachlich um positive „Formulierungen" bemühen. Wir müssen ein Verhalten zeigen, das signalisiert: Wir haben uns nicht auf einen egoistischen Ich-Standpunkt zurückgezogen, sondern wir bedenken auch den Standpunkt des Du.

Also zeigen wir uns dem Partner gegenüber offen und zugewandt, wenn wir seine Zustimmung oder Meinungsänderung erreichen wollen!

Die parallele oder spiegelbildliche Haltungsübereinstimmung signalisiert eine inhaltliche Übereinstimmung. Die Barrieren (verschränkte Arme, abgewandte Körper) sind aufgelöst; die Fußspitzen der übergeschlagenen Beine weisen zueinander; es besteht Blickkontakt.

Verhaltensvorschläge:
1. Ist Ihre Meinung der des Partners entgegengesetzt, dann geben Sie Ihrem eigenen Standpunkt durch Ihre bewußte eigene Körperhaltung mehr Gewicht. Beobachten Sie dabei, ob Ihr Partner im Laufe Ihrer Argumentation auch in seiner Haltung auf Sie eingeht!
2. Sind Sie in der Position des Stärkeren, dann stimmen Sie Ihren Verhaltensrhythmus gerade nicht auf den Partner ab. So bekommen Sie ihn eher auf Ihre Seite. Denn Ihre Haltung wirkt „ansteckend". Darauf sollten Sie auch vertrauen, wenn Sie mit bewußt gesetzten Signalen die Haltung Ihres Gegenübers zu neutralisieren oder zu verändern suchen!

Mehrdeutigkeit der Signale

Bevor Sie die im zweiten Abschnitt dieses Buches gezeigten Situationen (ihre Merkmale und Deutung) mit dem Ziel betrachten, sich unseres körperschaftlichen Repertoires bewußt zu werden und die daraus resultierenden Kenntnisse dann auch praktisch zu nutzen, sollten Sie sich folgenden Grundsatz besonders einprägen:
Um nicht in eine sinnlose und ganz abwegige Deutelei zu verfallen, ist es nötig, sich immer die mögliche Mehrdeutigkeit körpersprachlicher Signale vor Augen zu halten.
Also: Niemals ein Bewegungsmerkmal isoliert betrachten! Immer die Gesamtsituation bedenken: Wer spricht da mit wem, wo, wann, worüber und zu welchem Zweck? Registrieren Sie die verschiedenen Eindrücke, wägen Sie sie gegeneinander ab und vor allem: Setzen Sie sie in Beziehung zum Gesagten! Sprache und Körpersprache, verbale Aussage und nonverbale Begleitsignale miteinander vergleichen!
Nur unter dieser Voraussetzung hat die Beobachtung der Körpersprache Sinn, nur so ist sie eine Botschaft, die wir zu entschlüsseln vermögen, ohne unsinnige Schlüsse zu ziehen.
Wenn wir uns der Gesprächssituation mit all den für sie charakteristischen Merkmalen stets bewußt sind, dann haben wir eine gute Möglichkeit, die körpersprachlichen Signale richtig einzuordnen und zu deuten.
Die Gesprächssituation grenzt die Deutungsmöglichkeiten ein; erst innerhalb eines solchen Rahmens gewinnen die Zeichen an Eindeutigkeit.
Die folgenden Beispiele sollen dies verdeutlichen:

Betrachten Sie auf den drei hier gezeigten Bildern die Stirnpartie der abgebildeten Person: Immer sehen Sie die gleichen waagerechten Stirnfalten! Nun sind es aber drei völlig unterschiedliche Situationen, die zu diesem mimischen Merkmal geführt haben.

Die weit aufgerissenen Augen und der wie zu einem Schrei geöffnete Mund zeigen an: Hier wurde jemand durch ein gänzlich unerwartetes Ereignis zutiefst erschreckt.

Aus diesem Gesicht ,,hört" man geradezu das plötzliche Begreifen: ,,Ach, so ist das!" Der Zeigefinger an der Unterlippe (fast im Mund) verrät noch die vorausgegangene Begriffsstutzigkeit.

Der gesenkte Kopf und der Blick von unten verraten die abwartende Skepsis, die vielleicht sogar zu einer feindseligen Ablehnung neigt.
Erst im Zusammenhang mit den übrigen Merkmalen bekommt hier also das Merkmal ,,waagerechte Stirnfalten" seine spezifische Bedeutung, so daß wir dann von ,,waagerechten Stirnfalten" des Erschreckens, des Erstaunens oder der Skepsis sprechen können.

Widersprüchlichkeit zwischen verbaler Aussage und körpersprachlichen Begleitsignalen

Ich habe Sie an anderer Stelle zu einer positiven Grundhaltung ermuntert und Ihnen versichert, daß bewußtes Lächeln Ihre Psyche positiv beeinflußt. Das kann aber nicht heißen, daß Sie ein immerwährendes Lächeln zu Ihrer Maske machen sollen! Ein solches Lächeln erstarrt zu einem Feixen, das als unangemessen aufgenommen wird. Sie sind dann sehr schnell als ein schlechter Schauspieler durchschaut! Ein bewußtes Erleben der Körpersprache aber hat nichts mit Schauspielerei zu tun! Hüten Sie sich vor Gesichts- und Körpermasken, die Sie zu jeder Gelegenheit (von Party bis Beerdigung) beliebig wechseln! Denn wir alle kennen doch diese Klischees und durchschauen sie. Schärfen Sie Ihren Blick für die körpersprachlichen Ablenkungsmanöver und Verschleierungstechniken! Wenn verbale Aussagen mit Haltung und Bewegung nicht übereinstimmen, so ist dies demaskierend. Und Sie tun gut daran, dem nonverbalen Begleitsignal mehr zu glauben als den gesprochenen Worten. Mit Worten zu täuschen haben wir gelernt; mit unserer Körpersprache sickert aber doch immer etwas von unserer wahren inneren Einstellung zu einer Person oder einem Sachverhalt durch.
Bei der Beurteilung, ob eine körperliche Aktion einer Aussage angemessen ist, ist auf folgende Punkte zu achten: Stimmt der Spannungsgrad, das Bewegungstempo, die Bewegungsrichtung, die Bewegungsweite, der Bewegungsrhythmus? Ein Politiker, der wortreich seine Friedfertigkeit betont und dabei die geballte Faust von oben nach unten sausen läßt, dürfte kaum glaubwürdig sein!

Stellen Sie sich vor, der Herr rechts mit dem mißmutigen Gesicht und dem bei der Begrüßung weit abgestreckten Arm, mit dem er sich sein Gegenüber buchstäblich vom Leibe hält, sagt mit leiser Stimme und undeutlicher Artikulation: „Ich freue mich sehr, Sie bei mir begrüßen zu dürfen!“ Kein Wort würden Sie ihm anschließend mehr glauben!

Oder nehmen Sie ihm (dem Herrn rechts) das Bekenntnis ab: „Ihr Angebot ist hochinteressant!" Wer so dasitzt, hat den „Laden dicht gemacht." Er denkt gar nicht daran, sich seinem Gegenüber zu öffnen, um zu nehmen und zu geben. Da sitzt ein Bollwerk, das schöne Worte macht, hinter denen sich ein eisernes „Nein" verbirgt.

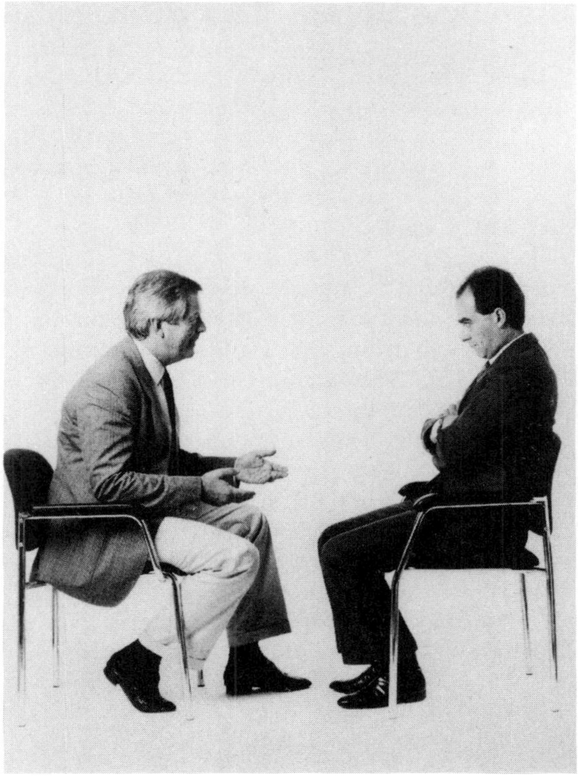

Es wird Sie kaum noch wundern, daß dieser Herr seinen Gast auf die dargestellte Weise hinauskomplimentiert mit einem nur noch als hohle Floskel zu verstehenden „Schade, daß Sie nicht länger bleiben können" — wo er es doch gar nicht mehr abwarten zu können scheint, den Besucher endlich zur Tür hinausgeschoben zu haben!

Signale, die ein Täuschungsmanöver erkennen lassen

Woraus läßt sich ein Täuschungsmanöver vermuten, woran erkennen?
Es gibt durchaus körpersprachliche Indizien, die erhöhte Vorsicht ratsam erscheinen lassen. Grundsätzlich darf gelten, daß im Konfliktfall — und als solchen muß man das Motivbündel für ein Täuschungsmanöver sehen — die nonverbalen Hinweise sich gegenüber den verbalen Aussagen durchsetzen. Mit Worten zu lügen, haben wir gelernt. Mit unserem Körper und seinen unbewußten, spontanen Reaktionen gelingt uns dies weit weniger.
Das nonverbale „Durchsickern" einer Lüge werden wir weniger an der Mimik feststellen, denn „unser Gesicht zu wahren" vermögen wir offenbar weit besser, als die Kontrolle über unsere Gestik zu behalten. Das Gesicht ist nun einmal der geschickteste nonverbale Kommunikator. Mit dem Gesicht vermögen wir am eindrucksvollsten unseren Gefühlen Ausdruck zu verleihen. So eignet sich das Gesicht andererseits auch am besten zur Vortäuschung von Gefühlen, die in Wahrheit gar nicht so erlebt werden, wie das Gesicht, dieser geschickteste nonverbale Lügner, vorgibt.
Probleme haben beim Lügen allerdings unsere Augen: Man kann dem Gegenüber dann „schlecht in die Augen sehen". Wir gehen davon aus, daß Personen, die nichts zu verbergen haben, uns in die Augen sehen. Das kann eine naive Annahme sein. Stark machiavellistische Charaktere (Menschen also, die wir als „unverfroren" bezeichnen) machen sich diese Gutgläubigkeit zunutze; der bewußte Blickkontakt gehört zu ihrer Täuschungsstrategie. Frauen zeigen sich hier den Männern übrigens „unterlegen".
Die weniger guten Lügner neigen dazu, den Kopf etwas schräg vom Gesprächspartner wegzuhalten: so ist ein unauffälliges Ausweichen des Blickes eher möglich.
Die eigentlichen nonverbalen „Versprecher" ereignen sich aber im Bereich der Gestik.

Die Anzahl der Illustratoren, also jener Handbewegungen, die die Rede gestisch auf vielfältige Weise unterstreichen, nimmt deutlich ab. Wir fürchten, uns mit unseren Handbewegungen verraten zu können, indem wir durch die stärkere Konzentration auf die Formulierung der Lüge die Kontrolle über unsere Hände verlieren. Also neigen wir dazu, sie in solcher Bedrängnis am liebsten zu verstecken. Der gesenkte Blick und der seitlich abgewandte Oberkörper sind weitere Anzeichen dafür, daß sich hier jemand auf der Flucht (mit Ausflüchten) befindet.
Es gibt eine typische, nicht ganz einfach zu beobachtende Bewegung der Hände, die an Versuchspersonen in Experimenten zur Untersuchung von Täuschungsverhalten immer wieder festgestellt werden konnte: Eine mehr oder weniger vollständige Drehung der Hände im Handgelenk und teilweise Streckung der Handflächen, so daß die Handteller nach oben zeigen. Diese Handbewegung wird oft von einem Achselzucken begleitet.

In der Situation versuchter Täuschung ist ferner eine starke Zunahme der Hand-zu-Kopf-Bewegungen zu beobachten. Da legt sich eine Hand waagerecht vor den Mund; vielleicht deckt aber auch nur der Zeigefinger die Oberlippe ab, oder diese Bewegungen, die quasi einen Schleier über das ,,Lügenmaul" legen wollen, werden neben dem Mund angehalten, d.h., die Verschleierungsgeste wird ebenfalls verschleiert: dann liegt die Hand neben dem Mund.

Das ,,Spielen im Gesicht" tritt unter der Täuschungsbedingung verstärkt auf. Der Streß, die Unruhe, die der Täuschungsversuch dem Lügner bereitet, reagiert sich mit solchen unkontrollierten Aktionen ab: Da werden die Augenbrauen gekratzt, die Nase gerieben, das Kinn gestreichelt, das Ohrläppchen gezogen, die Lippen zusammengedrückt. Es wurde bereits gesagt, daß die Sprechweise zu den nonverbalen Ausdrucksmitteln gehört. Wie allgemein bei jedem Erregungszustand, so ist auch beim Vorbringen einer Lüge ein Ansteigen der Stimmhöhe zu beobachten. Die hier genannten Indizien sind natürlich noch kein sicherer Beweis, daß mit ihrem Auftreten tatsächlich eine Lüge verbunden ist. Sie haben aber eine Kontrollmöglichkeit: Wenn Sie die genannten Indizien für ein Täuschungsmanöver bemerken, dann lenken Sie das Gespräch auf ein anderes Thema; beobachten Sie dabei die mögliche Verhaltensänderung Ihres Gegenübers; kommen Sie später wieder auf den kritischen Punkt zurück; beobachten Sie dabei ähnliche Reaktionen wie zuvor, dann haken Sie nach!

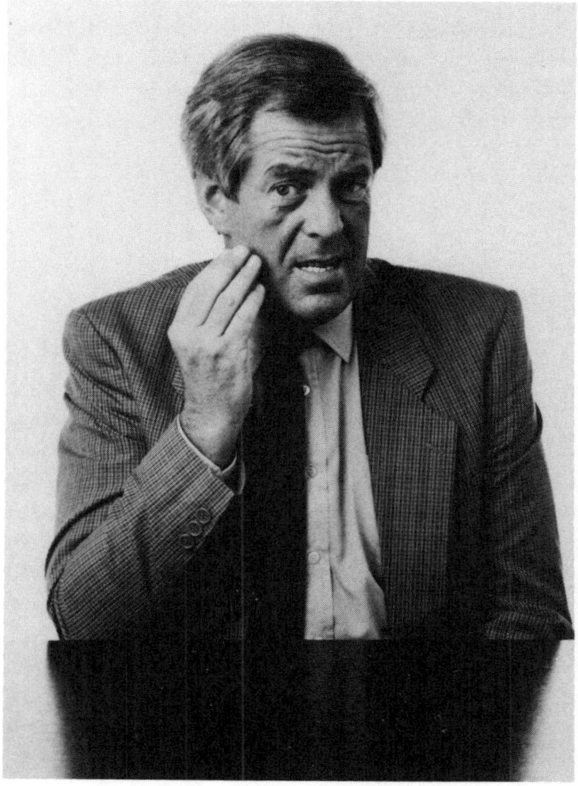

Distanzzonen

Allzu große Nähe tut weh! Haben wir keine Rückzugsmöglichkeit, werden wir nervös und aggressiv. Die Chance zum Alleinsein ist wichtig für unser psychisches Gleichgewicht. Distanz meint also zunächst nicht das negative Sich-distanzieren, sondern das Bedürfnis nach jeweils angemessener Entfernung, je nach der Intensität der Beziehung (wie „nahe“ man sich kennt).
Hierbei kann die allgemeine Feststellung gemacht werden, daß der introvertierte Typ zu größerer räumlicher Distanz gegenüber dem Gesprächspartner neigt als der extravertierte. Zu unsympathischen Personen wird größere Distanz gehalten als zu sympathischen. „Zuneigung“ zeigt sich auch daran, wie „nah“ man sich ist, und wie man die Oberkörper zueinander neigt. Ich kann einem Menschen „nähertreten“, ich kann ihm „zu nahe treten“, und ich kann ihn mir „vom Leibe halten“.

Sitzen zwei Menschen in „öffentlicher Distanz“ (ca. 3 Meter und mehr) voneinander entfernt, so besteht kaum ein direkter persönlicher Kontakt, aber auch keinerlei Bedrohung. So erkennen wir hier weder körpersprachliche Zeichen der Anteilnahme noch der Abwehr. Eine solche Distanz „schützt“ auch den Redner und den Schauspieler vor ihrem Publikum. Auch wenn beide beobachtende, musternde oder gar anstarrende Blicke treffen, werden sie sich dadurch nicht direkt angegriffen fühlen.

Obwohl hier die Gesprächspartner ca. 1,20 Meter auseinandersitzen und damit in der gesellschaftlich-geschäftlichen Distanz (ca. 1,20 Meter bis 3 Meter), ist bei dem Herrn rechts schon ein Abwehr- (Flucht-) verhalten zu bemerken: Die Arme sind verschränkt, die Beine zurückgezogen, der Kopf ist leicht gesenkt. Offenbar ist ihm die körpersprachliche Vorwärtsstrategie seines Gesprächspartners nicht angenehm: die vorgestreckte Rechte wird wohl schon als Eindringen in das eigene Territorium empfunden.

Die Entfernung der beiden Stühle voneinander beträgt zwar ca. 0,80 Meter, insofern ist hier die „persönliche Distanz“ (ca. 0,60 Meter bis 1,20 Meter) noch gewahrt, aber das vorgestreckte Bein, der vorgeneigte Oberkörper und die vorgestreckte Hand sind längst in die Zone vorgedrungen, die das Gegenüber als ein Eindringen in seinen Intimbereich (0 — 60 Zentimeter) empfinden muß.
Entsprechend ist die Reaktion. Zu der Barriere der verschränkten Arme tritt als zweites massives Abwehrsignal das übergeschlagene Bein (Knöchel des rechten Beins auf Knie des linken Beins) hinzu, das eine regelrechte Schranke bildet: „Bis hierhin und nicht weiter!“
Andere Reaktionen bei Verletzen der Intimdistanz sind:
— Unruhiges Hin- und Herrutschen aus dem Bedürfnis „nichts wie weg!“
— Unruhiges Spielen der Finger
— Senken des Blicks, Schließen der Augen (die „Vogel-Strauß-Politik“)
— Kinn auf Brust und Anheben der Schulter: „Bleib mir vom Hals!“
Wenn im Aufzug oder in öffentlichen Verkehrsmitteln ein enger Kontakt unvermeidlich ist, dann machen wir den „Eindringling“ durch Ignorieren zur Nicht-Person.

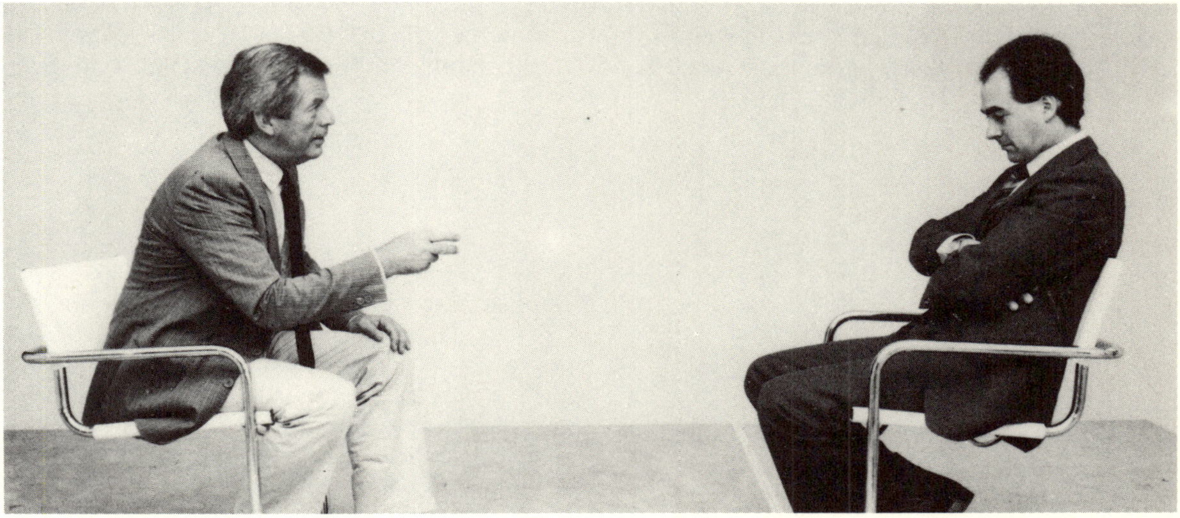

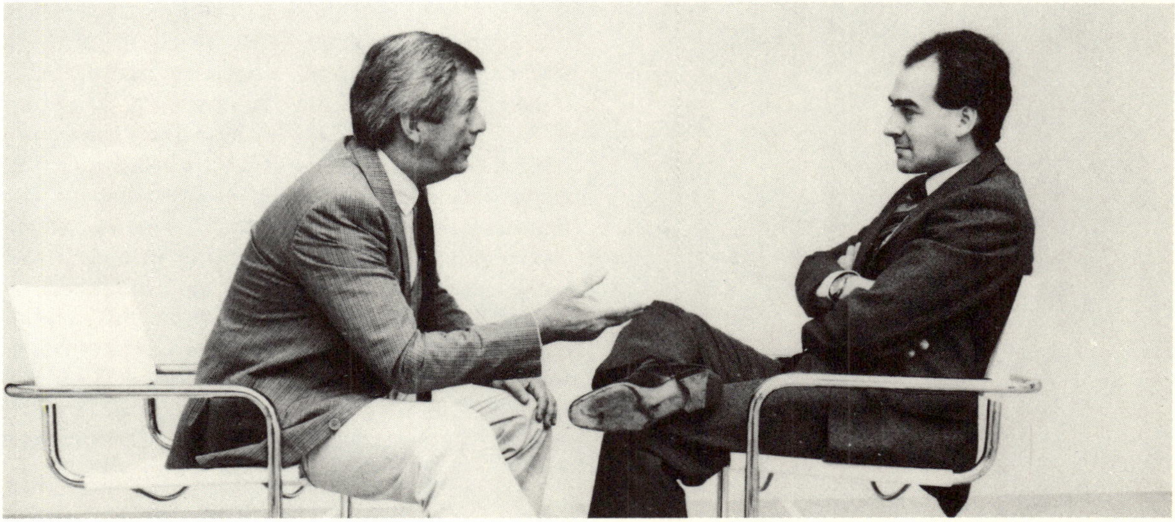

Taktik der Distanzverringerung

Wenn man sich „näherkommen“ will, so ist bisweilen die vorsichtige Verkürzung der Distanz der richtige Weg. Wir müssen uns im klaren darüber sein, daß wir in einem solchen Fall eine bewußte Revierverletzung begehen. Dies kann nur mit Takt und Vorsicht und ständiger Kontrolle der Reaktionen des Gegenübers zum Erfolg führen.

Allerdings sind leider auch autoritäre Revierverletzungen zu beobachten, die einem Untergebenen zeigen sollen, wer „Herr im Hause“ ist. Da betritt der Chef das Büro eines Angestellten, ohne vorher anzuklopfen, da wird sich über die Schulter der Sekretärin gebeugt, da wird ein Aktenordner auf einen fremden Schreibtisch geknallt usw.... So bringt man den Unterlegenen aus dem Gleichgewicht, so attackiert man sein Selbstwertgefühl und untergräbt sein Selbstvertrauen.

Ähnlich autoritär im Bestreben nach Dominaz, aber subtiler in den Mitteln, sind gewisse Territoriumseroberungen: Da wird die imaginäre Linie eines Tischs oder Schreibtischs verletzt, indem die eigene Zigarettenschachtel, das eigene Glas, die geschäftlichen Unterlagen und dergleichen immer mehr ins Feld des Gegenübers hinübergeschoben werden. Eine kaum merkliche Methode, sich „Platz zu schaffen“ und sicher ein Gewinn in der psychologischen „Kriegsführung“, wenn die Gegenseite dem Eindringling nichts entgegenzusetzen hat.

Positiv zu werten ist in jedem Fall die Distanzverringerung durch Entgegenkommen im wörtlichen Sinn, worin sich sofort das Entgegenkommen im übertragenen Sinn zeigt. So begrüßt der Besuchte den willkommenen Besucher: Er verläßt seinen Platz hinter dem Schreibtisch und geht seinem Gast ein Stück entgegen.

Der Besucher seinerseits sollte ebenfalls schon beim Eintreten Entgegenkommen zeigen, also nicht zu bescheiden oder gar ängstlich in Türnähe stehenbleiben. Je größer die Strecke ist, die er von Tür zu Schreibtisch zurücklegt, desto besser für ihn: So ist er dem Besuchten schon ein ganzes Stück „näher gekommen“. Setzen sich beide am Schreibtisch einander gegenüber, so ist dieser ein Hindernis, hinter dem sich der Besuchte (z.B. der Kunde) verschanzen kann; der Besucher (z.B. Verkäufer) muß bestrebt sein, diese Hürde zu umgehen, um die Beziehungsebene persönlicher zu gestalten. Dies darf nicht dadurch versucht werden, daß Gegenstände des Schreibtischinhabers berührt werden, oder daß eigene Gegenstände (z.B. die Aktentasche) auf dem Schreibtisch deponiert werden. Dies wären unkluge Revierverletzungen, ein Besitzanspruch, der sicher nicht ungestraft bliebe! Aber die Hände auf die Schreibtischplatte (in Nähe der Tischkante) und der vorgebeugte Oberkörper sind geeignete Verhaltensweisen zur ersten Distanzverringerung. Doch Vorsicht: Verschränkt das Gegenüber jetzt die Arme, so sind Sie für den Augenblick schon „zu weit“ gegangen.

Die Position vis-à-vis hat etwas von Gegnerschaft: Man sitzt einander *gegen*über. Also sollte man versuchen, in eine partnerschaftlichere Sitzordnung zu kommen. Hier hat der Besucher die Vorlage von Unterlagen dazu benutzt, seinen Stuhl so an die Schreibtischecke zu rücken, daß eine Gesprächsdiagonale entstanden ist. Dies hat der Besuchte offenbar akzeptiert. Die gemeinsame Ausrichtung auf die Unterlage (Akte, Prospekt) zeigt eine Interessengemeinschaft; der Schreibtisch wird teilweise schon partnerschaftlich benutzt: ein Stückchen Gemeinsamkeit.

Der nächste Schritt ist die vollkommene Umgehung des Hindernisses Schreibtisch. Indem der besuchte Kunde den Prospekt ergriffen hat, scheint er sich das Angebot schon zueigen zu machen. Der Verkäufer steht jetzt neben ihm und weist auf ein Detail seines Angebots hin. Aus der assymetrischen Situation, in der der Kunde zunächst klar dominierte, ist eine parallele geworden, die Gleichberechtigung signalisiert. Jetzt sind beide wirklich Partner.
Würde der Verkäufer jetzt beispielsweise versuchen, dem Kunden vertraulich eine Hand auf den Oberarm oder die Schulter zu legen, so wäre wahrscheinlich mit deutlichen Abwehrsignalen seitens des Kunden zu rechnen. Eine solche Berührung wäre ein Einbruch in die intime Distanz — hier also völlig deplaciert: eine Zudringlichkeit!
Sollten Sie — anders als in dieser Szenenfolge gezeigt — Signale der Abwehr bemerken (plötzliches Verschränken der Arme, Hochziehen der Schulter, Übereinanderschlagen der Beine, Falten der Hände zu einem Spitzdach), dann sind Sie „zu weit" gegangen und treten am besten einen möglichst unauffälligen Rückzug an!

Revierverhalten

,,In meiner Heimat, auf meinem Grund und Boden, in meinem Haus, mein Stammplatz, mein Lieblingsplätzchen" — das Bedürfnis nach einem angestammten, klar begrenzten ,,Revier" ist uns Menschen angeboren als das natürliche Bedürfnis nach Schutz und Sicherheit. Als ,,Hausherr" verfüge ich über eine selbstverständliche Dominanz; in ,,meinen vier Wänden" kann ich tun und lassen, was ich will; in meinem Büro genieße ich beim Verhandlungsgespräch den ,,Heimvorteil".
Aus der Art und Weise, wie ein Mensch sein ,,Revier" markiert, und wie er es verteidigt, läßt sich einiges über seinen Charakter und seine Einstellung zum Mitmenschen erkennen.
So vermögen Sie bereits daran, wie ein Sofa oder eine Parkbank in Beschlag genommen wurde, zu erkennen, wie weit der Anspruch auf dieses Revier geht.

Kein Zweifel: Dieser Herr hat das Sofa voll ,,besetzt". Indem er die Mitte einnimmt, mit den Armen auch die Rücklehne links und rechts von sich in Beschlag genommen hat und die Beine von sich streckt, hat er sich körpersprachlich so vergrößert, daß kein Platz für einen anderen ist. Dieser Platzhalter behauptet sein Revier auf eine Weise, daß jeder Angriff über seine Gliedmaßen ins Stolpern geraten müßte. Wir können auch durch das Placieren von Gegenständen signalisieren: Dieser Platz ist besetzt. Ein Programmheft oder eine Zeitung, ein Mantel oder ein Schirm dient dann der Reviermarkierung.

Ganz anders diese Situation: Da hat sich jemand ins äußerste Eckchen verkrümelt, die Lehne umfaßt und den Rumpf vom Sofa weggedreht. Auch dies sieht nicht gerade einladend aus, aber es ist Platz für einen anderen, der allerdings damit rechnen muß, daß er hier nicht ins Gespräch kommt. Denn die Signale lauten eindeutig: ,,Sie können sich neben mich setzen — wenn es unbedingt sein muß! Aber erwarten Sie ja nicht, daß ich mich auch noch mit Ihnen unterhalte!"
Auch bei Gesprächsgruppen sind ähnliche Verhaltensweisen zu beobachten. Wenn beispielsweise bei einer Party mehrere Gesprächspartner einen Kreis gebildet haben (stehend oder sitzend), so ist es unklug, sich in einen solchen Kreis hineindrängen zu wollen. Nur der offene Halbkreis lädt Sie ein, am Gespräch teilzunehmen.

Hier herrscht Bereitschaft zur Kommunikation. Der Sitz zwischen Sofamitte und Sofarand bedeutet: ,,Hier ist noch Platz, setzen Sie sich doch zu mir!" Die Knie der Dame zeigen zur Sofamitte und nehmen somit die Hinwendung zu einem Partner vorweg; die linke Hand macht eine einladende Geste, weist schon gewissermaßen den Platz an. Und die Augen haben den gewünschten Partner bereits im Visier.

Sitzordnung

Wie zwei an einem Tisch sitzen, das gibt bereits Aufschluß über ihre Beziehung. Sitzen da Freunde, Partner, Gegner, Feinde? Die Platzwahl der beiden verrät es!
Aber auch die Sitzordnung einer größeren Gesellschaft (ob Familienfeier oder Aufsichtsratssitzung) vermittelt reichlich Aufschlüsse über den Status der einzelnen Personen und über ihr Rollenverständnis innerhalb dieser Gesellschaft in dieser spezifischen Situation. Notate von Gesprächsverläufen haben Aufschluß über die Wertigkeit bestimmter Plätze gegeben. Kein Wunder, daß die ,,besseren Plätze" von den aktiveren Teilnehmern zielstrebig angesteuert werden, und daß dominante Persönlichkeiten sich nicht so schnell ,,hintenan" setzen lassen. Und gar ,,zurückgesetzt" möchte sich wohl keiner sehen. Die ,,guten Plätze" befinden sich am rechteckigen Tisch oder bei einer U-förmigen Anordnung der Tische natürlich am ,,Kopfende"! Wer hier Platz nimmt, hat automatisch den ,,Vor-Sitz" und gilt als einflußreicher als der, der sich mit einem ,,Seitenplatz" begnügen muß. Je näher man an die Person am ,,Kopfende" gerückt ist, desto höher steht man in der Hierarchie. Leute mit Status-Unterschieden werden sich nicht Seite an Seite setzen.
Eine demokratische Form ist der runde Tisch. Allerdings kann es auch hier eine heimliche Rangordnung geben, indem der Chef seine engsten Mitarbeiter neben sich Platz nehmen läßt.
In Vortragssälen drängen die Ehrgeizigen und Kritischen sicher auf die vordersten Plätze, die Indifferenten wohl näher zur Mitte und die Ängstlichen orientieren sich nach hinten und zu den Ausgängen.

Die Befragung von Versuchspersonen, wie sie bei verschiedenartigen sozialen Beziehungen sich mit einer anderen Person an einen Tisch setzen würden, hat ergeben, daß kooperative Paare die Tendenz haben, sich zur Diskussion eines Gegenstands beiderseitigen Interesses oder zu einem lockeren, freundschaftlichen Gespräch diagognal zueinander zu setzen.
Diese beiden Herren eint offenkundig das gemeinsame Studium irgendwelcher Geschäftsunterlagen.
Ist der Kontakt noch persönlicher, so wird vorzugsweise zur Verringerung des Abstandes die Seite-an-Seite-Position gewählt. Die Möglichkeit der gegenseitigen Berührung ist dann noch größer. Verständlich, daß bei der Beziehung zwischen Menschen verschiedenen Geschlechts die Nähe und die Möglichkeit des Körperkontakts besonders wichtig sind.

Ganz anders die Neigung von im Wettbewerb befindlichen Personen: Den Konkurrenten möchte man im Auge behalten und ihm den Einblick in eigene Unterlagen erschweren.

Hier haben sich zwei zwar an einen Tisch gesetzt, aber von Gemeinsamkeit ist keine Spur! Sie drücken sich von der Tischkante ab, um den Abstand zwischen sich noch zu vergrößern: Erst so scheint sich einer vor dem anderen sicher zu fühlen. Wer so dasitzt, den verbinden alles andere als freundschaftliche Gefühle! Persönliche Gegnerschaft (vielleicht sogar Feindschaft) kennzeichnet diese Nicht-Beziehung.
Eine weniger extreme Position wäre ein Gegenübersitzen an den Längsseiten des Tisches. Auch dann wäre wohl eine Auseinandersetzung zu erwarten, die aber frei wäre von Feindseligkeit.

Trickreiche und partnerschaftliche Sitzordnung

Stellen Sie sich vor, Sie betreten ein Büro. Der Besuchte hat nach Ihrem Anklopfen sich mit dem „Herein" auffallend viel Zeit gelassen. Jetzt sehen Sie ihn hinter einem riesigen Schreibtisch auf einem mächtigen (offenbar leicht erhöhten) Sessel „thronen"! Der Weg dorthin ist zudem so lang, daß Sie ihn als eine Art „Durststrecke" erleben. Nun bekommen Sie nach einer knappen, sehr förmlichen Begrüßung den Sessel gegenüber angeboten, in dem Sie sogleich „versinken" — so niedrig ist er, und so weich ist seine Polsterung. Vielleicht ist es aber auch ein Stuhl, der Ihnen gnädig angewiesen wurde. Und dieses Möbel offenbart eine Tücke, gegen die Sie während des ganzen Gesprächs anzukämpfen haben: Sie finden einfach keinen richtigen Halt; also rutschen Sie „haltlos" vor und wieder zurück und verlieren so allmählich Ihr äußeres und seelisches Gleichgewicht. Dieser verdammte Stuhl hat nämlich eine leichte, fast unmerklich schräge Sitzfläche, die für Sie zur Rutschbahn wird. Kein Scherz, von solch zermürbendem Mobiliar wurde tatsächlich berichtet!

Da sitzen Sie also und versuchen, die Umrisse Ihres Gegenübers zu studieren. Was geht in seinem Gesicht nur vor? Geblendet beginnen Sie zu blinzeln. Und Ihr Gegenüber denkt gar nicht daran, den Vorhang zuzuziehen oder die Lampe auszuschalten. Er hat das Ganze ja absichtlich so arrangiert, daß Sie der Lampe oder dem Fenster gegenübersitzen. So kann er Ihr Mienenspiel hervorragend beobachten, ohne selbst „erkannt" zu werden. Für ein Verhör mag dies noch angehen, einen Gesprächspartner sollte man auf solche Weise nicht erniedrigen und blenden!

Diese Situation sagt aus: Hier herrscht Vertrauen.
Beider Sitzhöhe ist gleich, was eine Anerkennung der Gleichrangigkeit bedeutet. Auch die diagonale Zuordnung signalisiert eine partnerschaftliche Verhandlung. Zudem ist der Besuchte bemüht, eine Atmosphäre des Vertrauens dadurch zu schaffen, daß der Besucher mit dem Rücken zum Fenster sitzt und die Lichtquelle den gemeinsamen Arbeitsplatz erhellt: Hier gibt es nichts zu verbergen.
Natürlich gibt es Situationen, wo das Trennende betont werden kann (oder gar muß), weil die Unterredung nun einmal Unerfreuliches zum Gegenstand hat.

Ein Mitarbeitergespräch, das zur Kooperation ermuntern will, sollte hingegen jede Demonstration des unterschiedlichen Status vermeiden. Manche Büros sind daher so eingerichtet, daß für solche Gespräche eine eigene Sitzecke vorhanden ist, wo beide Gesprächspartner mit dem Rücken oder doch seitlich zum Fenster sitzen können. Dann haben Sie als Besucher, der die beschriebenen Tricks kennt, auch nicht die Qual der Wahl: Soll ich, wenn mir der günstigere Platz angeboten würde, diesen annehmen und damit den Besuchten womöglich verärgern, oder soll ich auf diesen Vorteil besser verzichten?

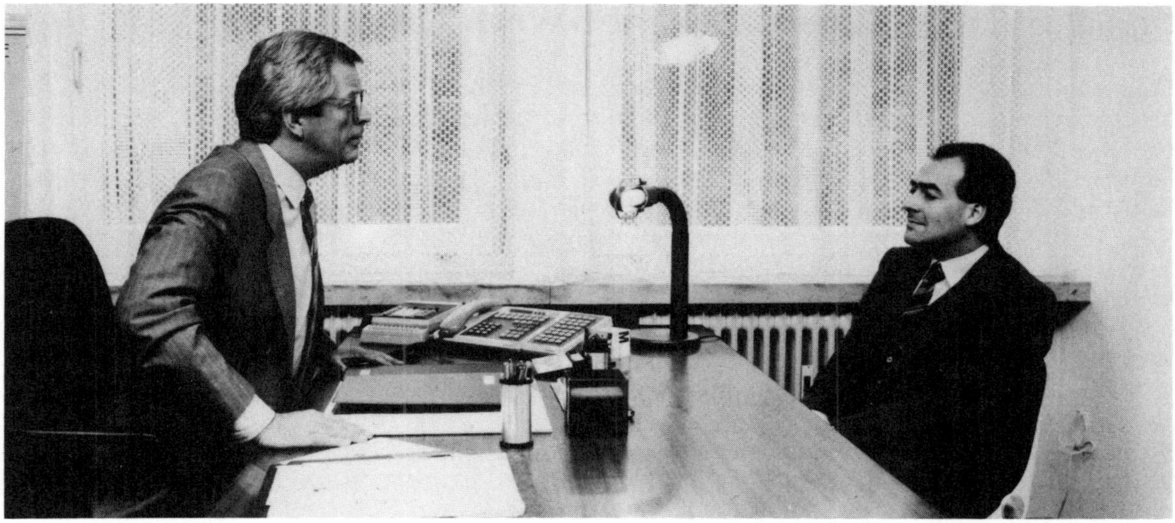

Signale, die den Sprecher-Hörer-Wechsel markieren (I)

Die meisten Menschen wollen oder können nicht richtig zuhören. Nur um selbst zu reden, riskieren Sie es, den anderen mißzuverstehen oder überhaupt nicht zu verstehen. Grundvoraussetzung für ein erfolgreiches Gespräch, das beiden Partnern das sichere Gefühl gibt, verstanden worden zu sein, ist der gut gesteuerte Sprecher-Hörer-Wechsel. Wer immer wieder mahnen muß: „Nun laß mich doch mal ausreden", der verliert allmählich die Lust am Gespräch und fällt in ein frustriertes Schweigen. Der andere mag dann den Triumph des vielen Redens genießen, aber letztlich wird er feststellen müssen, daß er nur einen Pyrrhussieg davongetragen hat: das Ergebnis ist gleich Null! Genauso gut hätte man sich die vielen Worte auch sparen können. Ein Gespräch ist nun einmal keine Rede, kein Monolog, sondern allenfalls eine Wechselrede, bei der jeder zu Wort kommen sollte.

Wenn ein Gespräch nicht scheitern soll, wenn der Konsens aufrechterhalten bleiben und der Wortwechsel reibungslos verlaufen soll, dann ist das sichtbare Verhalten der Gesprächsteilnehmer wechselseitig genau zu beobachten.

Entscheidende Hinweise über Sprecherrolle, Sprechzustand und Sprechablösung erhalten wir durch das Blickverhalten und die Gestikulation der Gesprächspartner. Von großer Bedeutung sind in diesem Zusammenhang auch die Rückmeldesignale des jeweiligen Hörers.

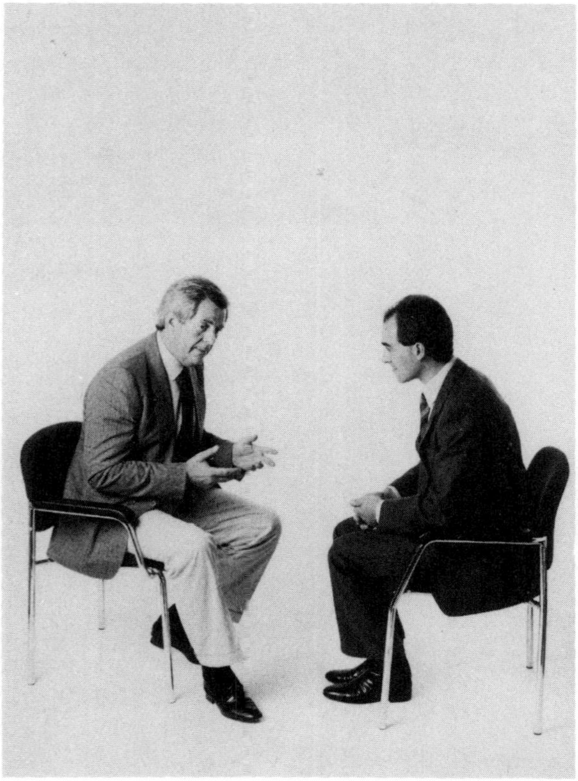

Offenkundig hat der Herr links im Augenblick die Sprecherrolle besetzt. Mit einer knappen Gestikulation begleitet er seine Ausführungen, der Blick geht am Hörer vorbei, d. h., seine Konzentration ist ganz auf seinen Gedankengang gerichtet, die Gefahr der Ablenkung vermindert. Der Hörer signalisiert durch die zum Sprecher vorgeneigte Körperhaltung seine Aufmerksamkeit, sein Interesse bekundet er durch direktes Anblicken des Sprechers, seine Hände liegen ruhig auf den Oberschenkeln. Er könnte aber auch seine Aufmerksamkeit durch Nachahmung der Bewegung des Sprechers signalisieren. Dies geschieht meist zu Gesprächsbeginn.

Die anhaltende Gestikulation des Herrn links signalisiert, daß er auch weiterhin die Sprecherrolle innehat. Sein Zuhörer hat sich hier aber weit vorgebeugt (was meist ruckartig geschieht) und die rechte Hand mit leicht gestrecktem Zeigefinger erhoben. Damit deutet er seinen Wunsch an, zu dem Gehörten nun seinerseits Stellung beziehen zu können.

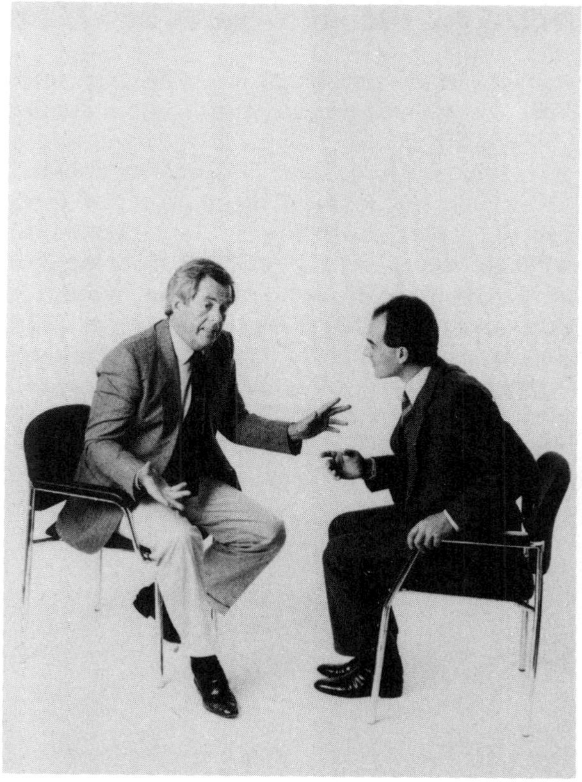

Sein Gesprächspartner denkt aber nicht daran, seine Sprecherrolle abzugeben. Er möchte mit seiner Darlegung fortfahren und macht dies sichtbar durch eine deutlich verstärkte Gestikulation und durch ein Abwenden des Kopfes weg vom Zuhörer. So verhindert er eine Antwort oder eine Unterbrechung seitens des Zuhörers. Oft hebt der Sprecher in einem solchen Fall auch die Lautstärke seiner Stimme an. Auch wiederholtes, aber nur kurzes Ansehen des Hörers während des Sprechens signalisiert, daß der Sprecher seine Rolle noch nicht abgeben möchte.

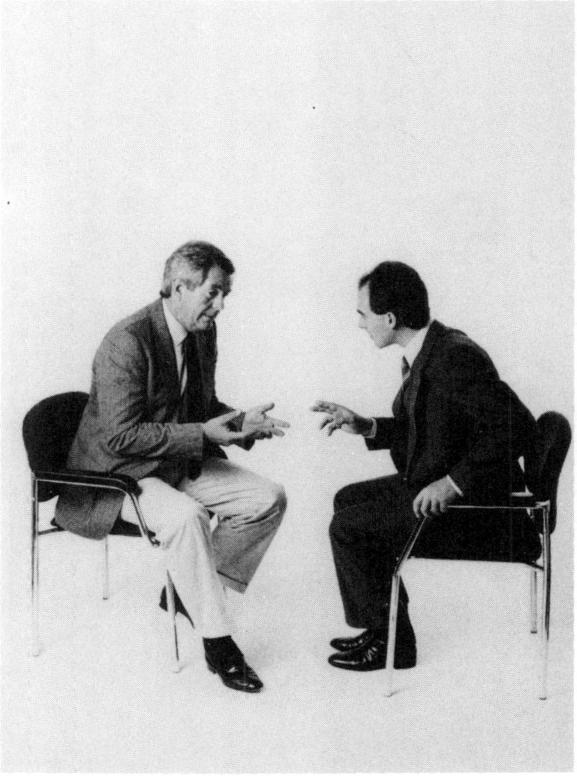

Signale, die den Sprecher-Hörer-Wechsel markieren (II)

Merken wir uns zum Blickkontakt im Gespräch: Der Blick des Sprechers kann, hervorgerufen durch das Bedürfnis nicht abgelenkt zu werden, am Zuhörer vorbeigehen. Es ist allerdings beobachtet worden, daß ein Sprecher, der seine Rede flüssig vorzutragen weiß, seinen Zuhörer ansieht, was ja auch den Vorteil mit sich bringt, die Reaktionen des Zuhörers wahrnehmen zu können; ein unsicherer Redner hingegen, der seine Meinung nur stockend vorzubringen weiß, neigt eher dazu, vom Partner wegzublicken. Generell gilt, daß eine verbale Aussage, die von Blickkontakt begleitet wird, auf den Hörer echter und glaubwürdiger wirkt als eine Aussage, die mit abgewendetem Blick gemacht wird. Die Aufnahmebereitschaft des Zuhörers ist für den Sprecher nicht unmittelbar nachprüfbar. Es obliegt daher dem Zuhörer, durch Aufmerksamkeitssignale sein Interesse zu demonstrieren. Die Dauer und Häufigkeit seiner Blickzu- und abwendungen sind ein sicheres Indiz für sein Interesse oder Desinteresse. Kopfnicken und -schütteln sind die Zeichen für Zustimmung oder Ablehnung. Das zustimmende Kopfnicken des Zuhörers kann als Signal der Anteilnahme kontinuierlich die Ausführungen des Sprechers begleiten. Wichtige Rückmeldungen des Hörers sind aber vor allem auch zustimmende Laute wie ,,m — hm'' und kurze Ausdrücke: ,,richtig'', ,,ich verstehe'', ,,das stimmt''. Hohe Anteilnahme wird auch signalisiert, wenn der Zuhörer den Satz des Sprechers vervollständigt oder Teile der Aussage kurz wiederholt.

Hier hat der Herr links seinen Gedanken offenbar abgeschlossen. Wenn ein Sprecher, der während seiner Ausführungen den Partner nicht angesehen hat, diesem plötzlich den Blick zuwendet und länger hält, dann ist dies Zeichen dafür, daß er nun eine Antwort erwartet. Auch ist mit dem Ende seines Gesprächsbeitrags die Beendigung seiner Gestikulation zu beobachten. Wahrscheinlich hat er seine Stimmhöhe mit Satzende merklich gesenkt. Würde der bisherige Zuhörer hier wegschauen oder unter sich schauen, so würde er damit andeuten, daß er die Sprecherrolle nicht zu übernehmen wünscht.

Der bisherige Sprecher hält seinen Kopf leicht seitlich geneigt in Erwartung einer Antwort; den Blick hat er fragend auf seinen Zuhörer gerichtet, den er so zu einer Stellungnahme oder Entgegnung auffordert. Der bisherige Zuhörer hat seinen Oberkörper gestrafft und mit einer Gestikulation begonnen; auf solche Weise leitet er die Übernahme der Sprecherrolle ein.

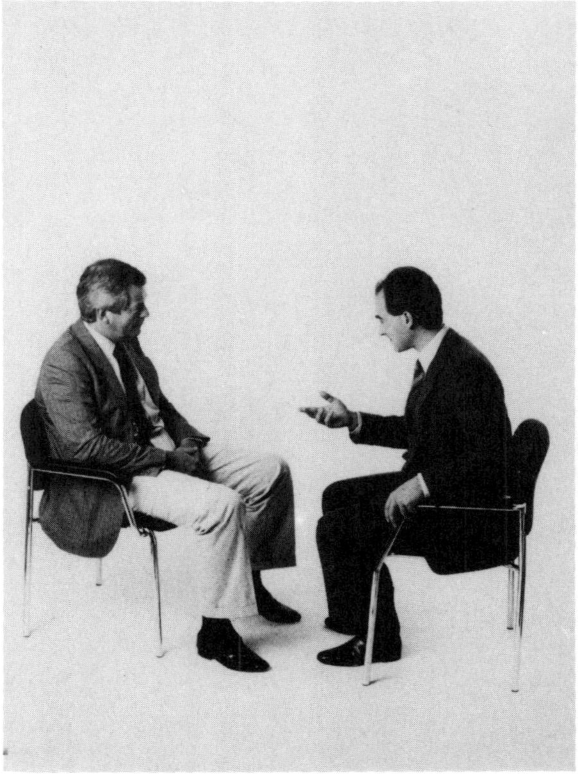

Der Sprecherwechsel ist vollzogen: Nun ist es der Herr rechts, der das Wort führt; seine Gestikulation ist lebhafter geworden, sein Blick ist nicht mehr direkt auf seinen Partner gerichtet. Dieser jedoch hat die Rolle des interessierten Zuhörers dadurch übernommen, daß er sich zu seinem Gegenüber weit vorgebeugt hat und ihn lächelnd ansieht.

Die körpersprachlichen Signale von „Kopf bis Fuß“

Das Gehen

Haben Sie sich schon einmal bewußt gemacht, in wievielen Wendungen wir das Verb ,,gehen" benutzen? Man kann ,,mit jemandem gehen" (im Sinne von ,,ein Verhältnis haben"); man kann ,,zu weit gehen" (im Sinne von ,,die Grenzen des Taktes verletzen"); es kann einem ,,etwas gegen den Strich gehen"; wir können ,,mit etwas schwanger gehen" und vor Zorn ,,in die Luft gehen", und wir können begeistert ,,mitgehen". Wir können (mit den genaueren Bezeichnungen unseres Ganges) jemandem ,,entgegenkommen" oder uns von ihm ,,abkehren". Unsere Sprache setzt also das Verb ,,gehen" oft in einem übertragenen Sinn ein. Offenbar ist an der Gangart eines Menschen eine ganze Menge über seine Geisteshaltung und Befindlichkeit abzulesen.
Etwas schwierig ist hier natürlich die bildliche Darstellung von Bewegungstempo und -rhythmus, die wesentliche Merkmale eines Ganges sind. Schrittlänge und Spannungsgrad hingegen sind hier gut zu erkennen, wie auch die Haltung von Kopf und Oberkörper beim Gehen.

Der weit ausgreifende Schritt mit deutlich vorwärts weisender Fußspitze zeigt an: Hier steuert jemand gut motivert und erfolgsbewußt ein erstrebtes Ziel an. Der aufgerichtete Oberkörper zeigt eine tatkräftige Spannung. Der Blick geht geradeaus. Dieser Herr ist nicht so leicht von seinem Ziel abzubringen. Seinem Eifer entsprechend dürfte sein Schrittempo flott sein. Im ganzen wirkt dieser Gang elastisch und geradlinig.
Ein ähnliches Bild (bei stark zurückgenommenem Schrittempo) würde sich beim Schreiten ergeben, das, wenn es frei ist von Theatralik (gestelzt, mit steifen durchgedrückten Beinen, gravitätisch) durchaus den Eindruck von Selbstsicherheit und Würde (frei von Hochmut und Stolz) vermitteln kann.
Wäre die Schrittfolge des abgebildeten Herrn getaktet, so würde sich sein Gang dem Marschieren annähern. Könnten wir hier ein Mitschwingen der Hüften beobachten, so hätten wir es mit einem Charakter zu tun, der die natürlichen Antriebskräfte nicht verleugnet. Negativ wäre es hingegen zu bewerten, wenn dabei gleichzeitig die Arme und Schultern auffallend mitschwingen würden. Dann wäre nicht Zielstrebigkeit, sondern leerer Aktivismus die richtige Deutung.

Wer so durchs Leben schlurft, wem die Füße so am Boden kleben, dem fehlt es am rhythmischen Wechsel von Spannung und Lösung. Ein solcher Charakter findet nie den Absprung zur Tat. Lieber ,,läßt er sich gehen''. Antriebsarm und interesselos ,,läßt er sich hängen'', wie es Kopf, Schultern und Oberkörper zum Ausdruck bringen.

Man kann auch ,,durchs Leben stolpern''. ,,Er ist gestolpert'' — damit meinen wir: er ist mit einer Aufgabe nicht zurecht gekommen; er ist auf die falsche Bahn geraten und gescheitert. Die Art und Weise, wie das Ziel ,,angegangen'' wurde, war offenkundig nicht die richtige. Anspruch und Mittel lagen in Widerspruch zueinander. Dem stolpernden Gang (wenn er nicht aus einem körperlichen Gebrechen resultiert) liegt ein widersprüchliches Wesen zugrunde; wer nicht weiß, ob er nun vor oder zurück will, der verheddert sich mit seinen eigenen Beinen.
Vorstufe hierzu mag der nervöse, trippelnde Gang sein, dessen zu kurze Schritte offenbar das Risiko scheuen und auf schnelles Ausweichen bedacht sind.

Das Stehen (I)

Ähnlich zahlreich wie die Ableitungen vom Verb ,,gehen" sind die vom Verb ,,stehen".
,,Wie stehst du denn da!" meint eben nicht nur das äußere Erscheinungsbild, sondern vor allem die innere ,,Einstellung", die mit der sichtbaren Haltung verbunden ist: den ,,Standpunkt".
Bei einer sogenannten ,,Stehparty" läßt sich gut beobachten, wie den einzelnen Teilnehmern zumute ist: ob sie sich wohl fühlen oder überflüssig vorkommen, ob sie sich als ,,Partylöwe" fühlen oder eher verlegen sind und sich am liebsten verkriechen würden. Schauen wir uns die einzelnen Typen genauer an!

Dieser Herr zeigt ,,Standfestigkeit": ,,Er steht mit beiden Beinen im Leben, auf dem Boden der Tatsachen; er ist ein gestandener Mann, der seinen Mann steht, mit seinem Standvermögen ,für etwas einsteht'".
Sein Gewicht ist auf beide Füße (etwa zwei Handbreit auseinander) gleichmäßig verteilt; die Füße stehen flach auf dem Boden, so daß auch die Fersen belastet sind.
Der Oberkörper ist leicht gespannt aufgerichtet; die Arme zeigen ebenfalls eine lockere Spannung. Hier ist nichts überspannt und nichts spannungslos. Wer eine solch ,,gute Haltung" zeigt, braucht kein Requisit, um sich daran ,,festzuhalten". Dieser Herr kann jederzeit frei agieren.

Auch diese Haltung ist durchaus positiv zu bewerten. Das feste Standbein und das lockere Spielbein signalisieren eine gute Mischung: Standfestigkeit und Flexibilität. Hier ist weder Starrsinn noch ein labiles Umkippen zu befürchten. Verläßlichkeit und Anpassungsbereitschaft halten sich die Waage. Ähnlich ausgeglichen die Aussage der Hände: die eine lässig in der Hosentasche, die andere in Hüfthöhe gehalten, bereit zur gestischen Aktion.
Negativ zu bewerten wäre ein zu häufiger Wechsel von Stand- und Spielbein. ,,Von einem Bein aufs andere treten" läßt innere Unruhe oder Standortlosigkeit vermuten.

Hier sehen wir die negative Wirkung, die ein extremes Abweichen von der ,,Normalstellung" hervorruft. Diese ,,Breitspurigkeit" wird noch verstärkt durch die in die Flanken gestemmten Arme, den vorgewölbten Brustkorb, das vorgereckte Kinn und die hochgezogenen Augenbrauen. Alles deutet hier auf Arroganz und aggressives Selbstbewußtsein: ,,Gegen mich kommt keiner an!"

Das Stehen (II)

Unser Stand verrät auch etwas von unserem Stand im Sinne von Status.
Das „Still gestanden!“ degradiert uns zu hilflosen (weil regungslosen) Befehlsempfängern; es macht uns zu gehorsamen Untertanen. Das Stehen in Reih und Glied nimmt uns unsere Individualität. Mit unserem Stehen vor einem sitzenden Ranghöheren bekunden wir unseren Respekt. Es können aber auch wir selbst sein, die über einer Person oder Sache „stehen“.

Wenn es jemand nötig hat zu demonstrieren, wie er über allem „steht“, so wird er sich auf die Fußspitzen stellen. Da dies aber strapaziös ist, wird er seinen Drang „höher hinaus zu wollen“, durch ein ständiges Nach-oben-wippen befriedigen. Selbst wenn dies aus einem echten und begründeten Hochgefühl geschieht, so ist es doch nie frei von Überheblichkeit.

Die Fäuste sind in den Hosentaschen vergraben, die Schultern hochgezogen und nach vorn gedrückt, der Kopf ist starr gesenkt; die Beine sind starr und unbeweglich durchgedrückt. Da steht ein Sturkopf, der sich rabiat durchzusetzen gedenkt, weil es ihm möglicherweise an intellektueller Wendigkeit mangelt.

Wieder eine deutliche Abweichung von der ,,Normalstellung''. Diesmal stehen die Füße zu eng beieinander. Ein ,,Nur-ja-nicht-zu-viel-Platz-beanspruchen'' hat diese allzu ängstliche Position diktiert.

Die rechte Hand umfaßt hinter dem Rücken das linke Handgelenk. Der Ängstliche sucht so an sich selbst einen Halt. Mit dem gebückten Oberkörper sind Kopf und Blick gesenkt. So steht der Subalterne, der vielleicht sogar zur Kriecherei neigt, vor einem Vorgesetzten, von dem er sich völlig ergeben dominieren läßt.

Das Sitzen (I)

Man sieht gleich, ob jemand ,,in der Klemme, Patsche oder Tinte sitzt", oder ob er gewissermaßen über allem ,,thront". Das Sitzen ist ja eine Ruheposition, in der wir weit weniger mobil sind als im Stehen. Wenn wir es uns ,,bequem machen", dann setzt dies ein gewisses Vertrauen in die momentane Situation voraus. Es soll Politiker geben, die die Fähigkeit haben, eine unangenehme politische Situation mit ,,Aussitzen" zu bewältigen; sie kleben so an ihrem Stuhl, daß nichts in der Welt sie bewegen zu können scheint, ihren Platz aufzugeben. Für andere wird ein Amt zum ,,Schleudersitz"; kein Wunder, wenn sie unruhig hin- und herrutschen! Wieder andere sitzen in Wartestellung, bereit aufzuspringen, wenn ein attraktiverer Platz zur Disposition steht.
Nicht viel anders sieht es aus im täglichen Leben von uns Normalbürgern. Auch hier verraten die Sitzpositionen etwas von der Lage, in der sich der Sitzende befindet.

Wenn die Sitzfläche ganz besetzt und der Rücken bequem gegen die Lehne gestützt wird, dann fühlt der Sitzende sich sicher wohl. Die locker übereinander geschlagenen Beine (Kniekehle des einen Beines auf Oberschenkel des anderen) und die offene Gestikulation sind Zeichen für eine entspannte Gesprächsatmosphäre.

Auch hier herrscht ein gutes Gesprächsklima; die Unterhaltung wird im Augenblick recht lebhaft und engagiert geführt. Merkmale hierfür sind: Die Sitzfläche wird nur halb besetzt als Folge eines aktiven Vorrückens, das durch das rechte vorgestellte Bein intensiviert wird. Oberkörper und Kopf sind gleichfalls in einer zum Gesprächspartner vorgerückten Position. Die nach oben geöffneten Handflächen unterstützen die offene Darlegung des Standpunktes.

Etwas neutraler, aber ebenfalls durchaus offen wirkt diese Haltung, bei der die Unterarme auf den geöffneten Oberschenkeln aufliegen. Der Oberkörper ist weniger gespannt, und die Hände sind im Augenblick inaktiv. Der leicht geneigte Kopf und das Lächeln signalisieren jedoch, daß hier ruhig und aufgeschlossen zugehört wird.

Das Sitzen (II)

Wie beim Stehen können wir auch beim Sitzen Normalpositionen von extrem weiten und extrem engen Positionen unterscheiden. Wieder ist es so, daß die extremen Haltungen weniger positive bis negative Eindrücke hinterlassen.

Die weit vorgeschobenen Beine beanspruchen mehr Raum als nur den eigentlichen Sitzplatz. Wer so weit zurückgelehnt sitzt und dabei auch noch die Hände im Nacken verschränkt hält, der demonstriert: ,,Hier kriegt mich so schnell keiner weg!'' Übertriebene Selbstgewißheit und unangemessenes Überlegenheitsgefühl werden aus dieser Haltung als unangenehme Eigenschaften herausgelesen.

Im Gegensatz zu den locker übereinandergeschlagenen Beinen (eine Sitzhaltung, die bei Frauen und Männern in gleicher Weise akzeptiert wird) ist das Aufstützen eines Fußknöchels auf ein Knie eine typisch männliche Haltung. Durch die verschränkten Arme ergibt sich eine doppelte Barriere. Vor beiden Körperhälften liegen Schranken. Dem Herrn dürfte schlecht beizukommen sein: ein möglicherweise unangenehmer Verhandlungspartner.

Der Stuhlkantensitz kann positiv und negativ gewertet werden, je nach Haltung von Beinen, Füßen und Oberkörper. Hier zeigt die Bein- und Fußposition, daß sich der gerade noch Sitzende eigentlich schon auf dem Absprung befindet, was die linke Hand, die gegen den Sitz drückt, unterstützt. Sicher ist dem ein unruhiges Herumrutschen auf dem Stuhl vorausgegangen. Der Oberkörper ist zur Seite vorgeneigt, womöglich dorthin, wo sich die Tür befindet.
Wäre der Oberkörper hingegen aufgerichtet und nicht seitlich vom Gegenüber abgewandt, so ließe der Stuhlkantensitz vermuten, daß der Zuhörer „Feuer gefangen hat" und sich am Gespräch besonders aktiv beteiligen möchte.

Das Sitzen (III)

Auch das Sitzen symbolisiert den Status. Das zeigt sich nicht nur an der Beschaffenheit des Sitzmöbels, sondern auch an der Manier, wie es in Beschlag genommen wird. Wenn Sie ein bestimmtes Verhalten Ihres Gesprächpartners erreichen wollen, dann sollten Sie sich genau überlegen, wie Sie zu ihm „stehen" und sich dementsprechend setzen. Wer eine Person mit höherem Status überzeugen will, der wird das kaum dadurch erreichen, daß er sich bequem im Sessel zurücklehnt!
Andererseits braucht man die Tatsache, daß man sich faktisch in einer unterlegenen Position (wie z. B. der Verkäufer gegenüber dem Kunden) befindet, nicht auch noch durch die Sitzweise zu betonen!

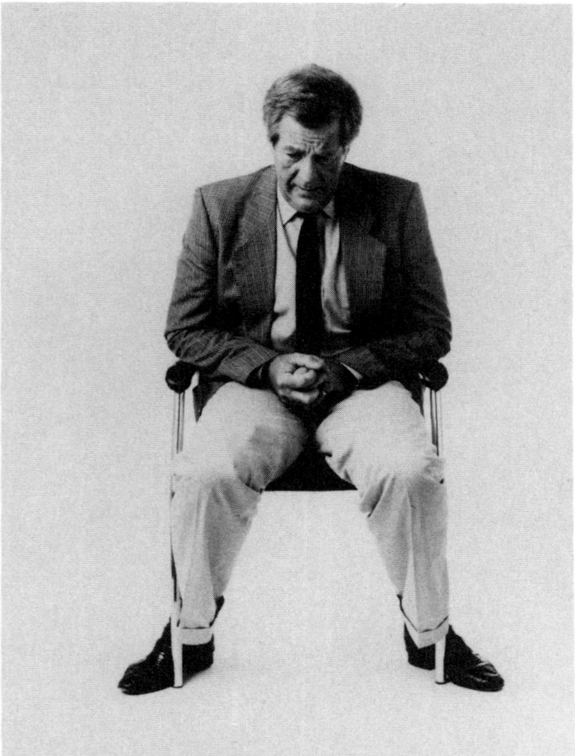

Wenn sich die Füße um die Stuhlbeine schlingen und auch noch die Hände ängstlich im Schoß verschlungen liegen, dann beherrscht man nicht gerade die Situation. Im Gegenteil: man hat sich aus lauter Ängstlichkeit selbst gefesselt.

Auch die streng parallel gestellten Beine und aneinandergedrückten Knie sind nicht gerade Zeugen von Offenheit. Dazu klammern sich die Hände an die Lehnen. Wer so den Eingriff des Zahnarztes erwartet, ist noch zu verstehen (obwohl auch ihm ein bewußtes Lockern besser täte). Aber dem Gesprächspartner gegenüber begibt man sich durch eine solche verkrampfte Haltung so in die Defensive, daß ein positiver Umschwung kaum mehr möglich sein dürfte.

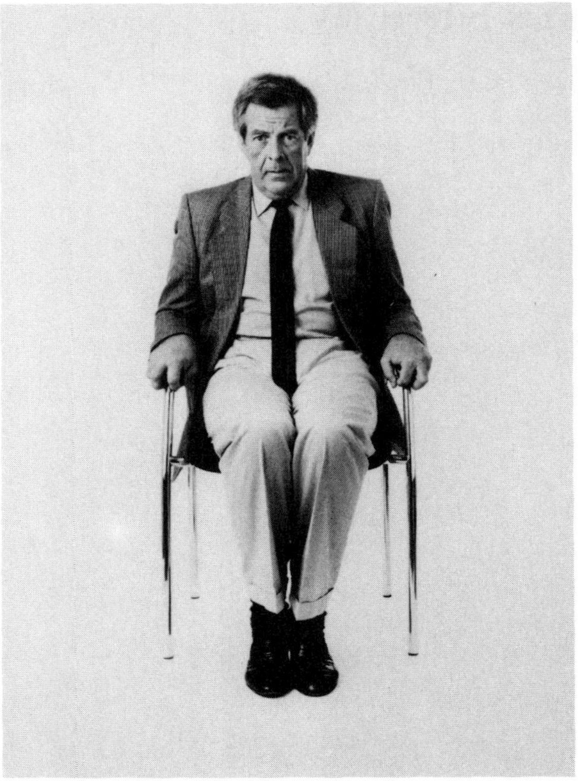

Eine schöne Mischform ist hier zu beobachten: die Beine sind nach hinten unter den Stuhl geschlagen und die Fußknöchel gekreuzt. Auch dies ein Akt der Selbstfesselung aus Unsicherheit — dazu noch scheinbar gut versteckt.
Im Gegensatz zu diesem passiven Rückzugsgefecht scheint das aktive Abstützen der Handballen auf den Sitzkanten zu stehen. So zeigt die untere Körperhälfte den Fluchtversuch nach hinten, die obere Körperhälfte die Flucht nach vorn an. Der Herr sitzt wahrlich in der Klemme!

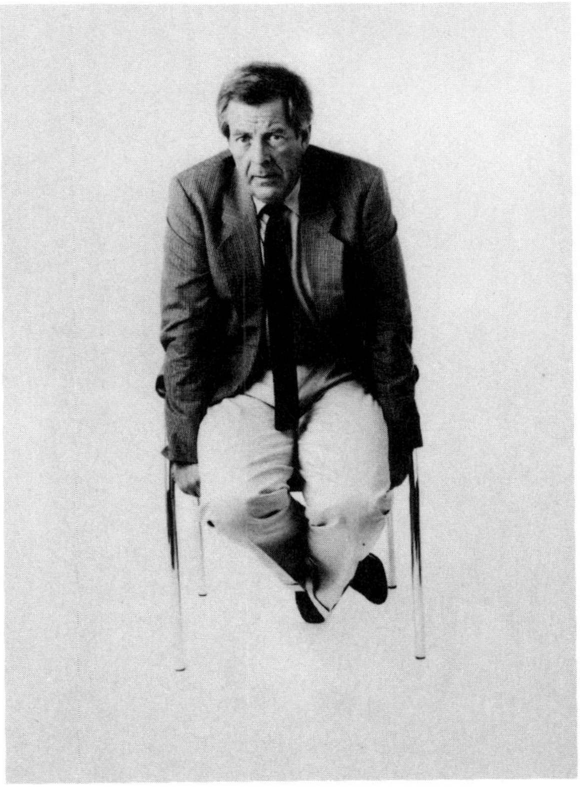

Das Sitzen (IV)

Die Frage ,,Wie steht Ihr zueinander?" läßt sich auch sinnvoll abwandeln in die Frage ,,Wie sitzt Ihr zueinander?"
,,Zuwendung" und ,,Abwendung" geben uns Aufschlüsse über das Verhältnis der Gesprächspartner.

Diese Zuordnung der Gesprächspartner ist mehr eine Weg-Ordnung. Während der eine die Knie wie eine Stoßstange gegen das Gegenüber gerichtet hält und sich auch mit den verschränkten Armen verschlossen zeigt, weist der andere mit der Fußspitze des übergeschlagenen Beins am Partner vorbei. Dieser Mangel an Haltungskongruenz läßt inhaltliche Differenzen vermuten.

Wer sich sympathisch ist, zeigt dies durch Haltungsimitation. Hier ist einer das Spiegelbild des anderen durch die Bein- und Armhaltung. Die Fußspitzen weisen zueinander. Die Herren sind sich einig.

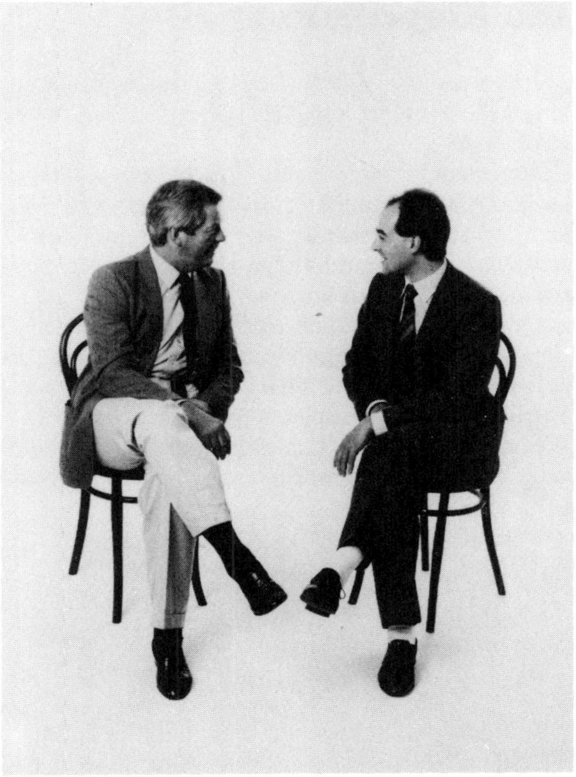

Da Beine und Füße am weitesten vom Hirn entfernt sind, scheinen sie einer bewußten Steuerung am ehesten zu entgleiten. So ordnen sie sich außerhalb unserer Kontrolle allein nach unserer gefühlsmäßigen Neigung. Daraus kann ein Haltungssplitting resultieren. In der gezeigten Situation hat sich der Herr links mit Oberkörper und Kopf zwar dem Herrn in der Mitte zugewandt, seine Sympathie gilt aber wohl mehr der Dame rechts, zu der Knie und Fußspitze seines linken übergeschlagenen Beins weisen. Auch die Dame rechts schaut zu dem Herrn in der Mitte, hat aber ebenfalls die untere Hälfte des Körpers dem anderen zugewandt. Zwei Partner, die zueinander halten, sitzen hier einem Dritten gegenüber, den sie zwar respektieren, aber nicht unbedingt mögen.

Die Körperhaltung (I)

„Sitz gerade!" — Ein Ruf aus Kindertagen, der uns insofern beständig verfolgt, als wir unser ganzes Leben lang gehalten sind, möglichst immer „Haltung zu bewahren" und möglichst nie „die Fassung zu verlieren".
„Mens sana in corpore sano" möchte man übersetzen mit: „Nur in einem entspannten Körper, der weder lasch noch verkrampft ist, ist Platz für ein ruhiges, vernünftiges Denken." Körperhaltung und Persönlichkeit sind eng miteinander verbunden. Zumindest können wir nicht verhindern, daß die Umwelt ihre Schlüsse aus unserer Körperhaltung zieht. Unser Körper-Image ist Teil unserer Persönlichkeit. Personalchefs achten auf die „Erläuterung durch den Körper", die der Bewerber unbewußt oder auch als Akt der Selbstdarstellung abgibt. Deshalb sind wir darauf bedacht, „eine gute Figur zu machen".
Eine gelöste Atmosphäre setzt eine gelockerte, zwanglose Haltung der Gesprächsteilnehmer voraus. Wo es „steif" zugeht, da fühlen wir uns befangen; wo wir eine starre Haltung zeigen, rufen wir Abwehr hervor. Hochautoritäre Personen zeigen übrigens wenig Variabilität in ihren Kopf- und Körperhaltungen.
Wer sich verkrampft, den plagen bald Schulter-, Nacken- und Kopfschmerzen. Die Entspannung der Muskeln ist Voraussetzung für unser körperliches und geistiges Wohlbefinden.

Versuchspersonen haben die Körperhaltung ihres Gesprächspartners als entspannt gedeutet, wenn sie durch asymmetrische Armhaltungen und Beinhaltungen gekennzeichnet war: einen seitwärts oder rückwärts gelehnten Oberkörper und Hände ohne Muskelanspannung — eine Haltung also, die dem „kerzengerade" entgegengesetzt ist! Interessanterweise wird eine solche „lässige" Haltung keineswegs weniger respektiert; im Gegenteil: sie wird sogar eher als „dominant" empfunden! Vielleicht sollten wir den Sinn einiger anerzogener Verhaltensweisen also doch einmal kritisch überprüfen.

Betrachten wir auch hier, zum besseren Erkennen der Abweichungen, zunächst die ,,Normalstellung" der Schultern. Wenn sie so frei gesenkt sind, dann strahlen wir ein natürliches Sicherheitsgefühl aus.

Dem betonten Nach-hinten-drücken der Schultern kann echter Mut, aber auch Kraftprotzerei zugrunde liegen. Diese Haltung legt die Halsschlagader frei. Der Verzicht auf Schutz gründet auf dem Gefühl der Überlegenheit.

Die Körperhaltung (II)

Die Mode hat sich der Gestaltung der Schulterpartie ja immer in besonderer Weise angenommen. ,,Breiten Schultern" kann man allerlei aufladen; den Epauletten hat man vielleicht in der Geschichte allzu sehr vertraut! Diesen ,,Männerphantasien" gegenüber standen die schmalen Schultern der Frau, die sich die Bürde des täglichen Lebens ersparen wollte. Vielleicht zeigt sich die Gleichberechtigung eines Tages auch an einer Gleichmacherei der Schultermode.

Durch das Hochziehen der Schultern ,,ziehen wir den Kopf ein". Jetzt ist der Hals gut geschützt. Erfolgt diese Reaktion ohne eine tatsächlich physische Bedrohung, so sind Befangenheit und Scheu die Ursache. Am liebsten würde der Kopf hinter dem ,,Schutzwall" der Schultern ganz versteckt — eine Art ,,Vogel-Strauß-Politik". Mit dieser Haltung einher geht der gekrümmte Rücken, der devot alle Schläge des Lebens zu ertragen bereit ist.
Das Achselzucken (Hochziehen und Senken der Schultern) kann je nach Gesichtsausdruck als Unverständnis oder Gleichgültigkeit interpretiert werden.

Ein vorgeschobener „Schutzwall" entsteht, wenn die Schultern bei plötzlichem Erschrecken heftig nach vorn gedrückt werden.

Fallen die Schultern spannungslos nach vorn, so bedeutet das: Hier hat jemand resigniert und ist in sich zusammengesunken zu einem „Häufchen Elend". Manchmal wird dieses Zusammensinken dadurch aufzufangen versucht, daß sich auf einer Tischplatte oder Stuhllehne abgestützt wird, um so zumindest das äußere Gleichgewicht wiederzufinden.

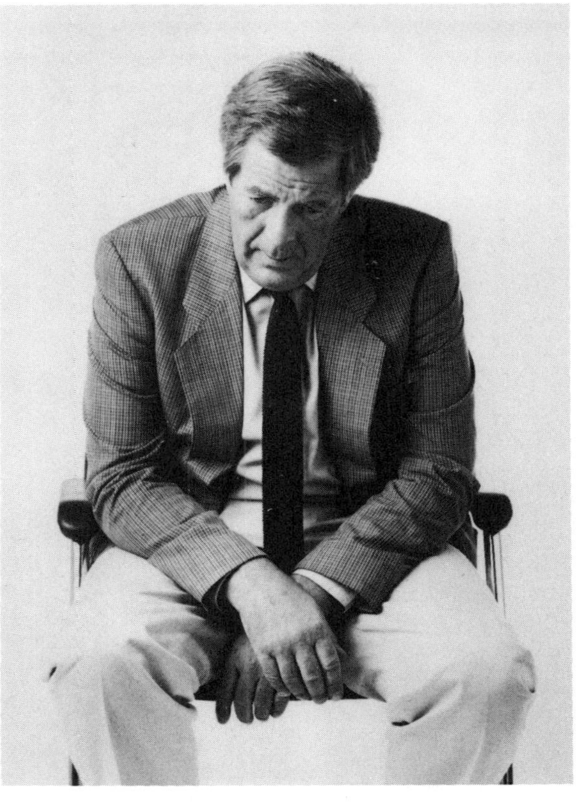

Die Körperhaltung (III)

Den Kopf bezeichnet man bisweilen etwas feierlich auch als „Haupt". In diesem Abschnitt ist er denn auch nicht von ungefähr die Hauptsache. Ob wir den Kopf „oben behalten" oder aber „den Kopf verlieren" ist schließlich nicht ganz unwichtig für die Frage, wie wir unser Leben bestehen.
Obwohl der Kopf der Sitz des Verstandes sein soll, scheinen auch seine Bewegungen nicht immer allein der Ratio zu folgen, sonst würden wir wahrscheinlich alle immer mit steifem Hals herumlaufen. Gottseidank reagieren wir auch hier spontaner und damit beweglicher. Und seine Bewegungen teilen etwas von der inneren Bewegung mit.

Wer den Kopf so aufgerichtet hält, der braucht sich nicht zu verstecken: er nimmt die Angebote der Umwelt offen wahr und hat ihr seinerseits etwas zu bieten. Zwischen ihm und der Umwelt besteht eine positive Wechselbeziehung in Wort und Tat.

Diese Kopfhaltung zeigt sich dem Gegenüber „geneigt.“ Das eigene Handeln ist zunächst zurückgestellt zugunsten der konzentrierten und wohlwollenden Aufnahme der Probleme und Argumente des Gesprächspartners.

Der vorgestreckte Kopf verringert die Distanz zum Gesprächspartner; die Sinnesorgane werden ihm so weit angenähert, daß die Eindrücke noch besser wahrgenommen werden können. Wer so reagiert, der konzentriert sich ganz auf sein Gegenüber und zeigt sich besonders interessiert. Das sagt aber noch nichts aus über seine Grundeinstellung; die kann sowohl positiv als auch negativ sein. Dies zu beurteilen, bedarf es der Beobachtung weiterer Signale.

Die Körperhaltung (IV)

,,Da will jemand hoch hinaus!" ,,Oben" und ,,unten" sind Begriffe, die wir mit einem bestimmten Wert besetzen. Den Himmel haben die Religionen natürlich oben angesiedelt und die Hölle unten. Wer wie die Schlange am Boden kriechen muß, der ist sozial ,,ganz unten" angekommen. Der Kopf, als der beste Teil von uns aufrecht gehenden Lebewesen, ist oben und damit den natürlichen Lichtquellen nahegerückt. Wer im Licht steht und über die anderen herausragt, der ist prominent oder eine Eminenz (aus dem Lateinischen: herausragen, hervorragen).

Kein Wunder, daß da mancher versucht, sich größer zu machen als er ist, beispielsweise durch eine überhöhte Kopfhaltung. Er wird es sich gefallen lassen müssen, daß sein Drang, über die Umwelt auf solche Weise hinauszuwachsen, ihm oftmals zurecht als ,,Hochnäsigkeit" angerechnet wird: ,,Da will jemand etwas Besseres sein!"

Ein „hochfahrendes" Wesen äußert sich in einem Zurückwerfen des Kopfes. Verstanden wird dies als aggressive Herausforderung: „Schau her! Ich biete Dir die Stirn und zeige Dir offen meinen leicht verwundbaren Hals. Du kommst ja doch nicht an mich heran!" Ein oftmals übertriebenes Selbstwertgefühl kommt hier zum Ausdruck, das vom Gegenüber nicht allzuviel hält.

„Ich ergebe mich in mein Schicksal. Ich bin in Deiner Hand." Eine Demutsgeste: Wer den „Kopf hängen" läßt, der gibt seinen Nacken preis. Mit „gebeugtem Nacken" knieten früher die Opfer vor dem Scharfrichter. Hoffnung und Lebensmut sind gewichen: „Macht ein Ende mit mir!" — „Kopf hoch!" möchte man diesem Herrn zurufen, um ihn aus seiner Passivität, seinem Pessismismus oder von seinem schlechten Gewissen und seiner Scham zu erlösen.

Ganz anders wäre der Eindruck, wenn bei gleicher Kopfhaltung einige Merkmale verändert wären; z.B. der Spannungsgrad: statt „hängend" etwa „gespannt gesenkt"; der Blick nicht zu Boden gerichtet, sondern ein aggressiver Blick von unten. Und schon wäre aus der Selbstpreisgabe ein Bild versteckter Kampfbereitschaft geworden.

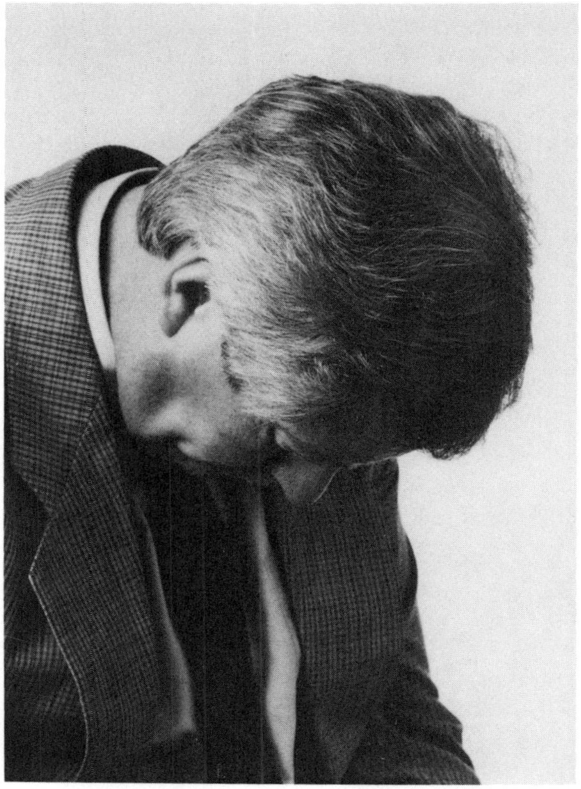

Bewegungsrichtung von Kopf und Oberkörper

Die beiden Hauptbewegungsrichtungen unseres Kopfes (senkrechte oder waagerechte Bewegung) sind in unserem Kulturraum stummer Ausdruck von ,,Ja" und ,,Nein" geworden, von Zustimmung und Ablehnung.
Wenn unser Gesprächspartner unsere Ausführungen mit einem beständigen Nicken begleitet, so ist uns dies wohltuende Bestätigung, die uns Sicherheit gibt und uns motiviert, unsere Meinung weiter engagiert vorzutragen.
Sehen wir hingegen ein bedächtiges Hin und Her des Kopfes unseres Gesprächspartners oder sogar ein unverhohlenes Kopfschütteln, so werden wir unserer Sache nicht mehr so sicher sein. Ein Wiegen des Kopfes, das in ein unmerkliches Kreisen übergehen kann, meldet einen Zweifel an, der ein Schwanken zwischen Bejahung und Verneinung zur Folge hat. Tempo und Stärkegrad der Bewegung sind Mittel, Mischformen noch weiter zu modifizieren. So ist man als Beobachter gefordert, sehr genau hinzusehen. Für das Bewegungstempo gilt allgemein: Wachsendes Interesse zeigt sich in Temposteigerung. Erlahmendes Interesse bringt eine Verlangsamung des Tempos mit sich.

Zuneigung und Teilnahme bringt derjenige zum Ausdruck, der mit leicht vorgeneigtem Oberkörper und Kopf sein Gesicht dem Partner voll zuwendet; so kann man sich in die Augen schauen: ,,Ich habe nichts zu verbergen." Eine dominante Persönlichkeit mag eine solche Position zum stummen Kräftemessen benutzen. Und es mag ,,abgebrühte Typen" geben, die diese vertrauensschenkende Haltung dreist mißbrauchen.

Wird im Verlauf der Unterhaltung die Position von „Angesicht zu Angesicht" von einem der Partner aufgegeben, indem er Oberkörper und Kopf (und damit auch den Blick) seitlich vom Partner abwendet, dann ist eine Verminderung seines Interesses zu vermuten oder eine heimliche Mißbilligung. Es kann aber auch nur der Wunsch zugrunde liegen, einen Augenblick losgelöst vom Partner über das Gesagte nachzudenken wie im hier gezeigten Fall: Die leicht zusammengezogenen Augenbrauen und der Zeigefinger an der Schläfe verhelfen uns zu dieser eindeutigen Interpretation.
Vorsicht, wenn ein solches seitliches Abdrehen mit einem verstohlenen Blick über die Schulter verbunden ist! Dann mißtraut man Ihnen, oder man verachtet Sie sogar.

Mit einem solchen weiten Zurücklehnen schafft man Distanz. Der Herr will „Abstand gewinnen". Der starr zurückgenommene Kopf und die abwehrenden Hände pointieren noch die Aussage: „Damit will ich nichts zu tun haben!" Ein eindeutiger Protest, der auch den Mund zur „Protestschnute" geformt hat.

Die Arme (I)

Die Arme sind die Hebel für unser wichtigstes Werkzeug: die Hände. Die Armbewegungen deuten an, wohin die Hände wollen. Daraus resultiert, daß eine genaue Deutung der Armbewegungen die Handbewegungen mit einbeziehen muß. Schauen wir uns dennoch zuerst einmal die Träger an, bevor wir das filigrane Maßwerkzeug unter die Lupe nehmen!
Die Gestik (von lateinisch gestus: Haltung, Bewegung) ist die Sprache der Gebärden, und deren Instrumentarium sind Arme und Hände. Nach den ,,gröberen" Ausdrucksmitteln stummer Mitteilungen nähern wir uns also jetzt den Instrumenten, die eine viel differenziertere ,,Begleitmusik" zu unseren verbalen Aussagen zu machen vermögen. Denken Sie bei diesem Bild an den Dirigenten, der Musik gestisch nachzuzeichnen vermag!
Ich will Sie nicht ermuntern, ,,mit Armen und Händen zu reden", was in unserem Kulturkreis ja etwas verpönt ist, aber die angemessene gestische Untermalung Ihrer Rede verstärkt mit Sicherheit Ihre Redewirkung! Machen wir uns im folgenden bewußt, welch unerschöpfliches Repertoire an Ausdrucksmöglichkeiten in unseren Armen steckt.

Wiederum gehen wir von der ,,Normalstellung" aus. Dabei hängen die Arme entspannt nach unten, bzw. liegen locker auf der Armlehne oder im Schoß: ein Ausgleichszustand, der ruhige Ausgeglichenheit vermittelt. Von hier aus läßt sich nach allen Richtungen agieren.

So schlaff pendeln hier die Arme, daß die Handrücken nach vorne zeigen. Der hängende Kopf vervollständigt das Bild totaler Willenlosigkeit. Wer während seiner Rede eine solche Haltung einnimmt, der gibt seine Kapitulation bekannt.

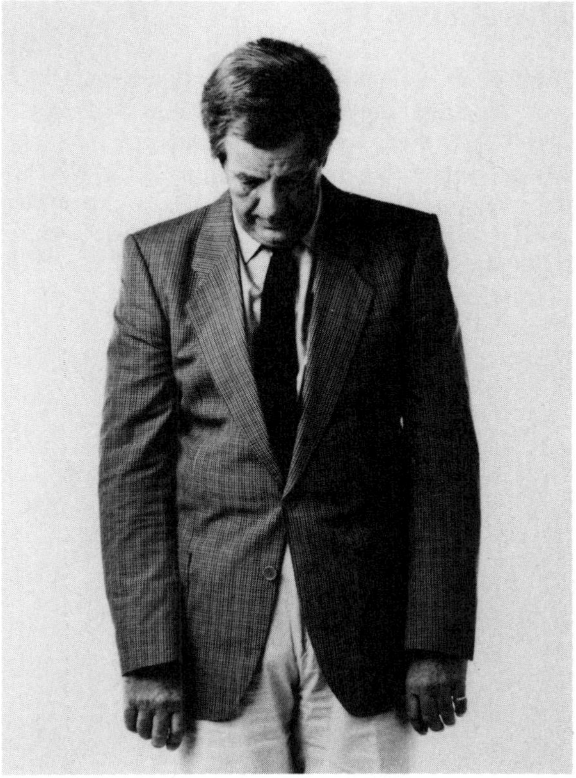

Die Arme sind hier so stark angewinkelt, daß sie die Hände zu tragen scheinen. Der leicht erhobene Kopf signalisiert dazu: ,,Ich habe eine positive Botschaft!"

Die Arme (II)

Zwar können wir mit unserer Gestik unseren Gefühlen nicht so gut Ausdruck geben wie mit unserer Mimik, aber wie uns zumute ist, das fährt uns doch in alle Glieder. ,,Der Schreck sitzt mir jetzt noch in den Gliedern!" gibt einer schlotternd kund.
Der große Dirigent Bruno Walter mußte in seiner Anfangszeit an der Wiener Staatsoper heftige Anfeindungen ertragen. Die Folge: eines Tages konnte er den Schlagarm, der den Taktstock führt, nicht mehr bewegen! — Haben Sie auch schon einmal wie gelähmt gestanden, unfähig einen Arm zu rühren? Die Psyche treibt mit unserer Physis so ihre Spiele! Innen und Außen spiegeln einander.

,,Sich zumachen" geschieht durch dieses Verschränken der Arme. Gegen diese ,,Empfangsstation" kommt der ,,Sender" schwerlich an. Da heißt es erst einmal nach der ,,gleichen Wellenlänge" suchen! Solange die nicht gefunden ist, wird dieser Herr seine abwartende Haltung nicht aufgeben.
Dieses ,,Sich-zumachen" kann auch aus momentaner Hemmung resultieren. Es ist dann Aufgabe des Gesprächspartners, eine solche Hemmung durch positive Signale zu lösen.

Auch dieser Herr zeigt sich arg verschlossen. Es sieht zwar so aus, als ob auch er abwarten könne aus einer Position der Stärke (man beachte die dominant aufgerichteten Daumen), aber die in den Achselhöhlen geborgenen (oder versteckten) Hände lassen an seiner zur Schau gestellten Sicherheit zweifeln. Das Gespräch scheint einen Punkt erreicht zu haben, dem dieser Herr vorerst nichts entgegenzuhalten hat.

Um die Unsicherheit und das Suchen nach einem Halt zu verbergen, wurden hier die Arme hinterm Rücken versteckt. Dort erlauben sie sich die enge Verschlingung, klammern sich aneinander, um sich (vergeblicher Versuch!) gegenseitig aus der mißlichen Lage zu helfen.

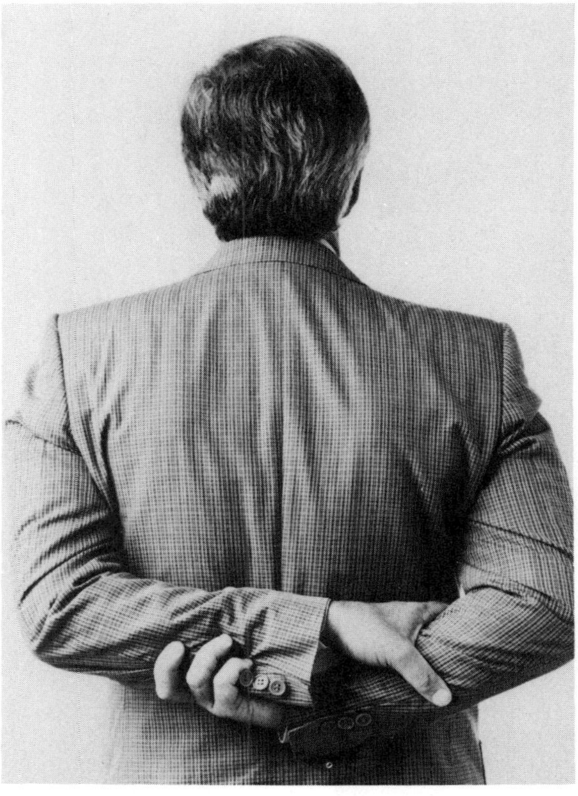

Armbewegungen (I)

Ich habe die Körpersprache die „Begleitmusik" unserer verbalen Äußerungen genannt. Sie ist der Ausdruck unserer Affekte. Auch die Musik ist ja vorzüglich geeignet, Stimmungen widerzugeben und hervorzurufen. Und hier zeigt sich bezüglich des musikalischen Tempos eine bezeichnende Parallele zum Tempo unserer Bewegungen. Ein „allegro" („munter") empfinden wir als frisch und munter; ein „lento" („langsam") hingegen werden wir eher als schwermütig empfinden. Beobachten Sie einmal die Gesten, mit denen ein Dirigent Musik „sichtbar" zu machen sucht. Der große Gefühlsaufschwung findet seine Entsprechung in der Weite der Armbewegungen.
Wenn Ihnen der Mut fehlt, Ihren Gefühlen Ausdruck zu verleihen, dann sollten Sie vielleicht einmal Dirigent spielen, indem Sie das Anhören einer Schallplatte gestisch begleiten. Sich einem Affekt bewußt körperlich hinzugeben, ist eine gute Lockerungsübung.

Diese weit ausgreifende Geste der vorgestreckten Arme hat etwas Vereinnahmendes, Besitzergreifendes: „Seid umschlungen Millionen!" Da sollte man sich vorsichtshalber zunächst einmal die Hosentaschen zuhalten, bevor man nicht genau weiß, was der Herr da wirklich will. Die großspurige Geste weckt Zweifel: Was steckt dahinter?

Dieser Geste ist eher zu trauen, zumal wenn sie ruhig ausgeführt wird. Eine echte Persönlichkeit mag sich solch imponierender Gesten bedienen, wenn die Gewichtigkeit der Aussagen die gewichtige Geste rechtfertigt. Achtung: Die salbungsvolle Geste ist im profanen Alltag fehl am Platz!

Wenn der innere Antrieb eine schwungvolle Geste hervorruft, wenn die eigene Begeisterung den Gesprächspartner mitreißen möchte, dann hat eine solche Geste Kraft, dann ist sie „gefüllt". Sie wird geglaubt und akzeptiert als ein dynamischer Höhepunkt, der aber nicht zum Dauerzustand werden darf, sonst verpufft die Wirkung.

Armbewegungen (II)

In Bertolt Brechts Parabelstück ,,Der aufhaltsame Aufstieg des Arturo Ui" läßt sich der Titelheld (gemeint ist Hitler) von einem alten Schauspieler für seine künftigen großen Auftritte schulen. Gemeinsam probieren sie natürlich auch Armhaltungen, und Ui übt sie weiter vor dem Spiegel. Was herauskommt, ist das Posieren, das so negativ Geschichte gemacht hat. Es darf vermutet werden, daß auch heute Politiker (und nicht nur sie) ihre Reden gestisch einstudieren. Die Vermutung basiert auf dem Eindruck des Stereotypen. Hüten Sie sich vor solchen Klischees, wenn Ihnen Ihre Glaubwürdigkeit am Herzen liegt! Entscheidend ist die richtige Einstellung; mit ihr stellt sich auch ganz selbstverständlich das richtige Erscheinungsbild ein. Versuchen Sie nicht zu schauspielern und negative äußere Symptome zu überspielen. Die Änderung Ihrer äußeren Haltung setzt vor allem die Änderung Ihrer inneren Haltung voraus! Schauspielerei wird durchschaut!

Wenn Sie zornig sind, wenn Sie gehetzt, unkonzentriert und fahrig sind, dann wird Ihnen eine solche ungesteuerte Gestik passieren. Sie ist Teil eines momentan unkontrollierten und undisziplinierten Verhaltens. Eine negative Lebhaftigkeit, die das Gegenüber mehr ,,entgeistert" als begeistert.

Es gibt Situationen, in denen die Emotion nicht sehr gefragt ist. Man muß die emotionale Ebene zugunsten der Sachebene etwas zurückdrängen. Da ist eine schlichte, knappe, sachliche Gestik am Platz. Sie sollte aber frei sein, von Zögerlichkeit, um nicht den Eindruck übertriebener Vorsicht zu vermitteln.

Hier wird ganz klein und engmaschig „gestrickt": Ein kleinkariertes Muster! Da sitzt womöglich ein Prinzipienreiter, engstirnig, besserwisserisch und stur. Ein Tüftler, der immer noch einen Krümel findet, der ihm zum Räsonieren Anlaß gibt.

Die Illustratoren (I)

Illustratoren sind Gesten, die den Inhalt einer Aussage und den Sprechakt für gewöhnlich unterstützen, bisweilen aber auch dem ausgesprochenen Gedanken widersprechen. Illustratoren können dort eingesetzt werden, wo ein direkter Ausspruch vermieden wird: Auf das einmal Gesagte kann man festgelegt werden; die Geste kann durch ihre Flüchtigkeit weniger zur Rechenschaft gezogen werden. Wenn ich jemanden einen „Idioten“ nenne, so ist dies eindeutig; tippe ich ersatzweise an die Stirn, so kann ich — zur Rechenschaft gezogen — immer noch behaupten, die Geste sei ganz anders gemeint gewesen.
Im Bereich der Illustratoren lassen sich besonders stark interkulturelle Unterschiede feststellen. Das läßt den Schluß zu, daß diese Gesten, die eng im Zusammenhang mit der Sprache stehen, weitgehend sozial erworben sind. Das heißt dann aber auch, daß die Beherrschung der Illustratoren eine besondere soziale Fähigkeit ist, die man nicht verkümmern lassen, sondern im Gegenteil besonders üben sollte. Wer fähig ist, sich gestisch sinnvoll auszudrücken, wird sich besser verständlich machen können. Interessanterweise zeigen Personen bei einem direkten Gegenüber deutlich mehr illustrative Handbewegungen als bei einem Telefongespräch. Diese Handbewegungen sind also wohl auch Zeichen der Zuwendung und der Einbeziehung des Partners. Wer eigentlich unbeteiligt ist, zeigt weniger Illustratoren.

Beim Sprechen dienen die Illustratoren der Gliederung und Akzentuierung der Rede. So sind sie Hilfe für Sprecher und Hörer.
Die angehobenen und knapp ausgestreckten Hände, wie zu einem Handkantenschlag gehalten, sind für den Hörer ein Alarmsignal: jetzt wird es ernst. Es ist der Punkt erreicht, wo klipp und klar erklärt wird: Schluß der Debatte. Die Hände schneiden die Diskussion ab. Der gesenkte Kopf ist zudem nicht mehr bereit, weitere Einwände aufzunehmen. Wenn die Worte hier noch nicht deutlich genug gewesen sein sollten — die Nachdrücklichkeit der Gestik ist es allemal.

Der weit ausgestreckte Arm, der durch die gestreckte Hand noch „verlängert" wird, weist auf ein Objekt oder einen Ort oder einen Vorgang. Solchermaßen wird die Aufmerksamkeit in eine bestimmte Richtung gelenkt. Es wird ein „Hinweis" gegeben. Mit ausgestrecktem Zeigefinger enthielte diese Geste einen autoritären „Unterton".

Die Nachbildung einer körperlichen oder physikalischen Aktion (z. B. ein Hammerschlag) gibt der Erzählung Anschaulichkeit, körperliche Präsenz und damit Dramatik, die beim Zuhörer für Spannung sorgt.

Die Illustratoren (II)

Illustratoren sind nicht nur eine Hilfe für den Zuhörer; sie werden zur Selbsthilfe des Sprechers, wenn er sie einsetzt, um Unsicherheiten der Gedanken (und damit des Sprechers) zu überbrücken. Ja, der Sprecher vermag sogar, mittels der Illustratoren nicht nur seinen Redefluß in Gang zu halten, sondern auch den Ideenfluß zu stimulieren und zu beschleunigen!
Ein müder oder entmutigter Gesprächspartner zeigt weniger Illustratoren als sonst. Aber auch Dominanzverhalten äußert sich in einer sparsameren Gestik.
Aufregung oder Enthusiasmus haben dagegen selbst beim dominanten Gesprächspartner eine Zunahme der Illustratoren zur Folge. Wenn Sie also ein Ziel besonders engagiert verfolgen, dann zeigen Sie Ihre Begeisterung durch Ihre gestische Aktivität!

Die Hand scheint hier von der Stirn oder Schläfe zu kommen, wo sie einen Gedanken ,,aufgenommen" hat, den sie jetzt ,,weiterträgt" und gewissermaßen fortspinnt. Der Gedankenverlauf, sein Ansatz und die Folgerung werden solchermaßen skizziert. Die sichtbare Aufforderung mitzudenken und gemeinsam in die gewiesene Richtung zu gehen.

Ein solches Zeichen (Emblem: Sinnbild) bedarf keiner Worte. Kommentarlos wird es in unserem Kulturkreis verstanden als Prädikat: ,,Vorzüglich", ,,sehr empfehlenswert". Die Genießerschnute vervollständigt den Eindruck. Gesten vermögen also Worte zu ersetzen, überflüssig zu machen.

Eine Veranschaulichung wird durch sogenannte Piktographen erreicht: Bewegungen, die ein Bild in die Luft zeichnen. Ein Bericht, eine Beschreibung gewinnt an Plastizität, wenn wir auf solche Weise illustrieren. Wir sehen hier förmlich die Kugel, die zwischen den rund geformten Händen gehalten wird.
Auch Maße und räumliche Relationen lassen sich so abbilden. Aufmerksamkeit und Verständnis beim ,,Augentier" Mensch werden hierdurch in hohem Maße gesteigert!

Aktionen der Hände (I)

Man braucht nicht über besonders „sensible" Hände zu verfügen, um mit ihnen gefühlvolle Mitteilungen machen zu können. Der allgemeine Erregungszustand spiegelt sich in allen Körperteilen wider, und unser Bedürfnis, die Hände bisweilen zu verstecken, resultiert aus dem Wissen, daß sie besonders den Grad unserer Aufregung zu verraten vermögen. Wenn wir eine Sache, eine Situation nicht mehr „fest im Griff haben", wenn wir nicht mehr selbstsicher zu sagen vermögen „Ich nehme das in die Hand", wenn uns die Dinge „aus den Händen gleiten", dann zeigen wir durch die Machtlosigkeit unserer wichtigsten Werkzeuge unsere momentane Hilflosigkeit an. Die Hände verkrampfen sich, werden taub, scheinen wie gelähmt. Eine solche *Hand*lungsblockade spiegelt eine Denkblockade wider, die uns unfähig macht, sinnvoll zu „handeln". Die Beobachtung der Hände im Gespräch liefert eine Menge Aufschlüsse über Befinden und Absichten der Gesprächsteilnehmer.

Stellen Sie sich vor, daß diese Geste der Endpunkt einer langsamen Bewegung vom Sprecher zum Zuhörer ist, mit der er die Darlegung eines Gedankens begleitet hat, dann hat der Sprecher gleichsam seine Vorstellungen „serviert". Wenn seine Äußerungen ein Versprechen oder Angebot beinhalten würden, dann könnte man dieses „Servieren" sogar wörtlich nehmen im Sinne von „jemandem einen Dienst erweisen".

Ganz anders hier. Die Handteller sind leicht gerundet, die Finger eng aneinandergelegt: eine Art Kollektenteller. Diese Bittstellergeste heischt nach Entgegenkommen: „Lassen Sie mich nicht mit leeren Händen dastehen!“ Der zögernd Bittende wird die zu einer Schale geformte Hand langsam von unten nach oben führen. Der dringlich Fordernde bringt mit einer schnellen Drehung des Handgelenks die Hand in diese Position.
Die Dringlichkeit kann noch intensiviert werden durch Aneinanderlegen beider Hände zu einer großen Schale.

Auch hier sind die Handteller — wenn auch schräg gehalten — noch gut für das Gegenüber sichtbar, so daß die friedliche Absicht erkennbar ist: Die Hände haben nichts zu verstecken (vor allem keine Waffen). Die rechte Hand ist nur leicht erhoben; die Finger sind kaum gespreizt. Das Lächeln verstärkt noch den Eindruck der freundlichen Beschwichtigungsgeste.

Aktionen der Hände (II)

Die Hände sind unsere wichtigsten Werkzeuge, aber auch unsere natürlichen Waffen. Wir vermögen mit ihrer Hilfe einen Gegner niederzuringen, mit einem Handkanten- oder Faustschlag zu Boden zu strecken. So martialisch geht es im zivilisierten Umgang gottseidank nicht zu. Doch die innere Lust, es dem Gegner einmal tüchtig zu geben, äußert sich in Handlungen, die den eigentlichen Wunsch zwar nicht ausführen, ihn aber ansatzweise doch deutlich erkennen lassen.

,,Bleib mir vom Leib!" Die weit ausgestreckten Arme mit den nach vorn gerichteten Handtellern und den wie zu Spitzen eines Gitters gespreizten Fingern sind eine Abwehrgeste, die sich nicht unbedingt gegen einen physischen Angriff zu richten braucht. Auch ein mißliebiges Angebot kann so ausgeschlagen werden: ,,Weg damit!" Deutlicher kann sich eine ablehnende Haltung kaum zeigen.

Mit angewinkelten Armen werden die Handflächen nach unten gedrückt. Die gespreizten Finger vergrößern noch das Instrument der Unterdrückung, auf daß dem Gesprächspartner klar wird: ,,Die ganze Chose paßt mir nicht; hinab in den Orkus damit!" Wäre die Geste spannungsärmer ausgeführt, so wäre sie zu verstehen als eine Art Dämpfer, der einer zu starken Emotionalisierung entgegenwirken möchte.

Die senkrecht gestellten Handteller mit Fingern, die starr sind wie die Schneide eines Messers, haben den Gesprächsdraht durchschnitten. Bewußt wird so das Gespräch abgeschnitten; weitere Erörterungen sind unerwünscht. Die beiden steil aufgerichteten Daumen verstärken noch dieses Dominanzgehabe. Der verpreßte Mund hat keine Lust, noch irgendein weiteres Wort zu sagen.

Aktionen der Hände (III)

Wenn Sie einen großen Schmerz empfinden, dann beißen Sie sicher auf die Zähne, um ihn nicht herauszuschreien. Gleichzeitig verkrampfen Sie die Hand zur Faust und drücken die Fingernägel in den Handteller. Der daraus resultierende neue Schmerz lenkt womöglich von der eigentlichen Schmerzquelle ab. Mit dieser Aktion ,,halten Sie an sich". Der Wunsch, dem scheinbaren Aggressor zu begegnen, der vielleicht ja nur der helfende Zahnarzt ist, wird gegen sich selbst umgeleitet.

Ein mühsames ,,An-sich-halten" signalisieren auch die knetenden Hände, wobei im Extremfall die Fingernägel der einen Hand in den Handrücken der anderen einschneiden können. Dieses Händeringen hat seine Ursache in einer starken, ausweglos erscheinenden Bedrängnis. Weniger stark ausgeführt erhofft es die Befreiung aus der mißlichen Lage durch Bestätigung oder Anerkennung durch den Partner.

Aus dieser Haltung spürt man den dynamischen Denkprozeß. Der Oberkörper weist diagonal von der Tischplatte nach oben, so daß der Kopf fast die geschlossene Greifhand berührt, die auf dem abgestützten Arm ruht. Dadurch erscheint die Dynamik des Gesamteindrucks nicht aggressiv. Es ist, als ob der Sprecher einen ganz wesentlichen Gedanken auf den „Begriff" gebracht hat. Der verengte Blick erhöht den Eindruck von Konzentration. Der Schritt von hier zur kompromißlosen Selbstbehauptung ist nicht groß.
Würden beide Hände zur Faust geballt auf der Tischkante liegen, und ein angestrengt zusammengepreßter Mund den mimischen Ausdruck bestimmen, dann wären die Fäuste Zeichen der mühsamen Beherrschung von Erregung.

Ist eine Anerkennung oder Bestätigung oder gar Zusage erfolgt, dann kann man sich die „Hände reiben". Ein Bedürfnis ist gestillt; es herrscht angenehme bis genüßliche Zufriedenheit. Wer sich die Hände reibt, der frohlockt vielleicht aber auch voreilig im fälschlichen Glauben, es dem anderen „gegeben zu haben". Im Verhandlungsgespräch wird man auf ein solches Triumphsignal der Gegenseite besonders zu achten haben.

Aktionen der Hände (IV)

Bewegungen, die sich mit einem Standfoto nicht darstellen lassen, seien hier wenigstens angesprochen. Unbeherrschtheit aus übermäßiger Erregung mag schon einmal dazu führen, daß die flache Hand oder die Faust auf die Tischplatte saust nach dem Motto: Man schlägt den Sack und meint den Esel. In der Tat kann der Schlag denn auch auf dem eigenen Oberschenkel landen als Ersatz für einen Schlag gegen den Partner. Man kann den Gedanken oder Einwand eines anderen mit einer Handbewegung „wegwischen". Dies geschieht gewissermaßen aus dem Handgelenk, so daß die waagerecht und leicht erhobene Hand plötzlich mit dem Handrücken nach außen schnellt und dann nach oben gerichtet stehen bleibt. So verscheucht man ein lästiges Ansinnen wie ein zudringliches Insekt. Doch wenden wir uns jetzt den vielfältigen Arten des Händefaltens zu!

Wer seine Ellenbogen so abstützt und dann noch den Kopf auf die gefalteten Hände aufstützt, der hat noch einiges zu bedenken; der hat Bedarf an Gedankenstützen. Da will noch etliches geprüft sein, bevor ein Entschluß gefaßt werden kann.

Man könnte denken: „Hier hilft nur noch beten!" Die flach zusammengelegten Hände sind jedenfalls nicht bereit zu eigener Aktivität. Auch besteht keine Lust zum Reden; der Mund ist verdeckt. Die Fingerspitzen berühren die Nasenspitze: eine Verkürzung der Bewegung der Finger zur Stirn. All dies sagt aus: „Das muß ich mir noch in aller Ruhe überlegen; dazu kann ich im Augenblick weder etwas sagen noch tun."

Auch die auf dem Tisch gefalteten Hände sind Zeichen vorläufiger Passivität, zu der man sich durch das Verschränken der Finger selbst anhält, um nicht voreilig zu sein. Vorerst heißt es noch: „Abwarten!" Zunächst will man sich die Meinung der Gegenseite erst einmal ruhig anhören.

Aktionen der Hände (V)

Bevor wir uns den hier gezeigten Körperberührungen zuwenden, möchte ich noch einige allgemeine Anmerkungen zu diesem Thema machen.
Hände wollen berühren, ob Personen (auch sich selbst) oder Gegenstände. Der Tastsinn sucht nach Informationen. Da wird die besondere Qualität eines Materials genießerisch gestreichelt — fast so behutsam wie die Haut einer geliebten Person. Das Bedürfnis, eine andere Person berühren zu wollen, entspringt in der Regel einer echten Sympathie. Es mag aber auch falsche Vertraulichkeit sein, die von den wahren Absichten ablenken möchte. Ständig ,,betatscht'' werden möchte keiner! Zu Recht wird man sich solch plumpe Anbiederungs- oder Annäherungsversuche verbitten.

Eine deutliche Rückzugsbewegung. Der Herr ,,geht in sich''. Die Hände werden nicht mehr angewinkelt vor dem Oberkörper gehalten, was sofortiges Handeln ermöglicht, sondern sind zum eigenen Körper zurückgenommen und zudem über Kreuz gehalten, was einer Fesselung ähnelt. Der schuldbewußt gesenkte Kopf bestätigt den gestischen Eindruck der Ergebenheit: ,,Ich schlage mir schuldbewußt an die eigene Brust und bitte um Nachsicht und Vergebung!'' Wenn das Schuldbewußtsein ein Schamgefühl hervorruft, dann werden die Hände vors Gesicht geschlagen, um es zu verhüllen.

Die flachen Handteller legen sich wie Kompressen auf die Flanken. In der Militärstrategie spielte die „ungeschützte Flanke" des Gegners eine Rolle. Biologisch gesehen haben wir hier empfindliche (nicht durch Rippen umschlossene) Weichteile zu schützen. Wer sich in die Enge getrieben fühlt, empfindet möglicherweise „seelisches Seitenstechen", dem er mit einem solchen Instinktverhalten zu begegnen versucht.

Was hier geschieht, ist zwar so vergeblich wie der Versuch, sich an den eigenen Haaren aus dem Sumpf ziehen zu wollen, doch mag es der inneren Beruhigung dienen: Man hat was in den Händen, und schon ist man von der Realität ein bißchen abgelenkt. In einer als Notlage empfundenen Situation klammert man sich an jeden Strohhalm, und wenn es die Revers des eigenen Jacketts sind.

Aktionen der Hände (VI)

Bevor wir die Hände betrachten, die in der hier gezeigten Serie eigentlich verschwunden sind, noch ein paar Bemerkungen zum Händedruck. Wir schätzen weder den zu festen noch den wabbeligen Händedruck. Letzterer kündigt schon an: Da entzieht sich jemand gern, er läßt sich nicht fassen und festlegen; er wird es lieben, alles ein bißchen unentschieden in der Schwebe zu lassen, so daß man nicht eigentlich zu einem Abschluß gelangt.
Der zu feste Händedruck läßt befürchten, daß dies der Auftakt zu einem dominanten Verhalten ist, zupackend und besitzergreifend. Vielleicht ist es aber auch nur eine demonstrierte Festigkeit, um die tatsächliche Unsicherheit zu kompensieren.
Ist der Händedruck zu kurz und wird die Hand schnell zurückgezogen, empfinden wir einen solchen Gruß als unverbindlich und distanziert; geschieht er allzu spontan und ist er zu lang, rechnen wir mit einem im doppelten Sinn ,,einnehmenden Wesen''. Legt sich die linke zusätzlich über die beiden grüßenden rechten Hände, dann mag dies warmherzig und wohlwollend gemeint sind, drückt aber vielleicht doch aus, daß der so Begrüßte als der Schwächere angesehen wird.
Intensives Händeschütteln oder gar gleichzeitiges Schulterklopfen mag unter guten Kumpels in Ordnung sein. Geschäftspartnern wird dies verständlicherweise zu weit gehen.

Als Kinder wurden wir schon immer ermahnt: ,,Leg die Hände auf den Tisch!''
Was mag der unterm Tisch zu suchen haben? Diese Frage beunruhigt uns. Wir wollen die Hände des Partners sehen können. Sie wirken unsicher und machen den Eindruck, Sie hätten etwas zu verbergen, wenn Sie Ihre Hände verstecken!

Geballte Fäuste in den Hosentaschen. Dazu die Schultern hochgezogen, den Kopf gesenkt, ein Blick von unten. Die Aggression soll zwar verborgen und der reale Angriff in den Hosentaschen erstickt werden, das macht die symbolische Bedrohung aber nicht harmloser. Hier ist ein Abbruch der Beziehungen zu befürchten.
Werden im Verlauf eines Gesprächs die Hände in die Tasche gesteckt, dann deutet sich aufkeimendes Desinteresse an, das bis zur unhöflichen Gleichgültigkeit gehen kann.
Manchmal werden die Hände aber auch nur deshalb in die Tasche gesteckt, weil man nicht weiß, wohin sonst mit ihnen. Unsicherheit und Verlegenheit sind dann das Motiv.

Wenn eine Gesellschaft noch nicht Platz genommen hat, dann sieht man immer einige Herrschaften, die die Hände auf dem Rücken halten. So wartet man ab und harrt der Dinge, die da kommen. Man hält sich noch zurück. Wenn dazu, wie hier, die verengten Augen schräg nach oben schauen, dann ist hinter dem äußerlich untätigen Dastehen ein aktives Sich-besinnen zu vermuten.

Aktionen der Hände (VII)

Der aktive Umgang mit Gegenständen zeigt den Rechts- oder Linkshänder. Zum Problem wurde das früher beim Schreibunterricht. Heute wird die bestimmte Bevorzugung einer Hand als angeboren akzeptiert und nicht mehr gewaltsam zu korrigieren versucht. Es wäre verfehlt, aus einer einmal festgelegten Dominanz charakterliche Schlüsse ziehen zu wollen.

Beide Hände mit weit gespreizten Fingern decken hier ein Dokument schützend ab. Wer so seine Hände wie einen Schirm oder Deckel über eine Sache hält, gibt seinen Besitzanspruch zu erkennen und erklärt, daß er seine Informationen zumindest noch nicht aus der Hand zu geben gewillt ist. Diese Geste könnte auch den Ausspruch begleiten: „Die Person oder Angelegenheit steht unter meinem besonderen Schutz!“

„Diesen Gedanken, dieses Ansinnen schiebe ich weit von mir!“ Ohne diesen Satz erst aussprechen zu müssen, wird die Einstellung deutlich: Die Hand schiebt den Kalenderblock zur Tischmitte, dem Gesprächspartner entgegen. Gleichzeitig ergibt sich so ein vorgeschobenes Bollwerk, das den imaginären Grenzverlauf verschiebt, um sich das Gegenüber noch besser vom Hals zu halten. Dieses Schieben von Gegenständen in das Revier des Partners kann aber auch der Vergrößerung des eigenen Operationsfeldes dienen im Bestreben, die Oberhand im Gespräch zu gewinnen oder zu festigen.

Das plötzliche unsystematische Herumkramen in irgendwelchen Unterlagen und Ordnern täuscht eine Betriebsamkeit vor, die sich keine weitere Zeit für den Besucher zu nehmen können behauptet: „Sie sehen doch, daß ich zu tun habe!“ Jetzt ist es allerhöchste Zeit, sich kurz zu fassen, das Wesentliche noch einmal zusammenfassend und pointiert vorzutragen, um den Gesprächspartner doch noch zu einem positiven Abschluß zu bewegen. Oder aber es bleibt nur noch ein unauffälliges Registrieren des erlahmten Interesses und ein höfliches Sich-verabschieden.

Hand-zu-Kopf-Bewegungen (I)

Körperbezogene Aktionen der Hände, die der Kontrolle von mit Problemen verbundenen Emotionen dienen oder aber der Selbststimulierung, nennen wir Adaptoren.
Ein Selbst-Adaptor kann ein ganz offenkundiges Bedürfnis befriedigen — wie z. B. das Nasenbohren. Eine solche Aktion wird innerhalb der Privatsphäre meist ungeniert vollständig durchgeführt. In der Öffentlichkeit und bei Teilnahme an einem Gespräch, kann ein solcher Adaptor normalerweise nur fragmentarisch auftreten; es bleibt möglicherweise bei einem kurzen, verstohlenen Griff zur Nase. Verständlich, daß eine Person bei einem derartigen Selbst-Adaptor den Blickkontakt mit dem Gesprächspartner abbricht, der seinerseits so lange diskret wegzuschauen pflegt, bis die Aktion beendet ist. Auch wenn man den Selbst-Adaptor reduziert, ist man sich dennoch selten genau bewußt, daß man ihn tatsächlich durchführt. Insofern lohnt die genaue Beobachtung: die ungesteuerte Durchführung der Adaptoren hat ein Durchsickern vieler unbewußter Botschaften zur Folge.

Die ,,Denkerpose" (bekanntestes Beispiel ist Rodins berühmte Skulptur) zeigt das auf die Hand oder Faust gestützte Kinn. So ist der Kopf in bequemer Stellung. Alle Spannung ist nach innen genommen. Das Streicheln des Kinns dient wohl ebenfalls der äußeren Beruhigung, der äußeren Entspanntheit. Der unbestimmte Blick in die Ferne dient dem Schutz vor naheliegender Ablenkung.

Auch hier ist der Kopf durch die Abstützung und durch das leichte Anlehnen gegen die geschlossene Hand in eine Ruhelage gebracht, die ein entspanntes Nachdenken ermöglicht. Die Spitze des ausgestreckten Zeigefingers berührt die Schläfe, weist also zum eigentlichen Denkzentrum.

Das Kneifen des Nasenrückens bei geschlossenen Augen stimuliert zu einem besonders konzentrierten Nachdenken. Wenn hier die Nasenwurzel gezwickt wird, so ist dies die äußere Entsprechung für den verzwickten Gedankenprozeß.
Die Abschirmung gegen die Umwelt kann noch verstärkt werden durch ein vollständiges Abdecken der Augen mit der Hand, so daß keinerlei Ablenkung von außen möglich ist.

Hand-zu-Kopf-Bewegungen (II)

Selbst-Adaptoren können der Selbst-Stimulierung dienen. Dann sind sie eine positive, gegen sich selbst gerichtete ,,Aggression", quasi um sich selbst auf die Sprünge zu helfen. Es wird angenommen, daß beispielsweise das Kratzen am Kopf den allgemeinen Erregungszustand zu steigern vermag und damit auch der Denkprozeß angeregt wird.
Paradoxerweise können Bewegungen, die dazu dienen, das Erregungsniveau zu steigern, umgekehrt auch dazu dienen, bei sehr starker Erregung das Erregungsniveau zu senken.

Der ausgestreckte Zeige- und Mittelfinger bohrt sich förmlich in die Stirn. Eine bohrende Frage will hier ihre Antwort finden. Dazu scheinen die Finger ins Denkzentrum vorstoßen zu wollen, um die Antwort zu ergründen. Mit der Innervierung der Stirnhaut sollen die ,,grauen Zellen" mit angeregt werden.

Der gegen den Lippenrand gehaltene Zeigefinger ,,versiegelt" die Lippen. Noch ist der Sprecher damit beschäftigt, die Zusammenhänge des Problems zu ergründen. Der Blick nach oben verstärkt das Bild der noch unbestimmten Suche. So bietet der Nachdenkende das Bild einer gewissen Hilflosigkeit.

Der Finger im Mund (eine etwas infantile, naive Geste), die verständnislos geöffneten Augen und der spannungslose Oberkörper verraten die Begriffsstutzigkeit.

Hand-zu-Kopf-Bewegungen (III)

Selbst-Adaptoren sind übrigens nicht nur die Hand-zu-Kopf-Bewegungen. Das Reiben, Drücken, Kratzen, Bedecken, Unterstützen usw., kann die Hand ebenso gut an einem anderen Körperteil ausführen. Dennoch bleibt natürlich besonders beobachtenswert, was sich gut sichtbar an Gesicht und Kopf des Gegenübers ereignet.

Die folgenden Selbst-Adaptoren sind besonders in Täuschungssituationen zu beobachten.

Die Hand vorm Mund verhindert das Entschlüpfen von Worten (womöglich das unfreiwillige Entschlüpfen der Wahrheit): „Halte ja den Mund und verrate bloß nichts (nicht dich selbst)“! Es ist immer etwas Zweifelhaftes, das „hinter vorgehaltener Hand“ vorgebracht wird.

Wer sich so die Nase reibt, befürchtet, ,,keine gute Nase" gehabt zu haben. Also ist er im Zweifel und unsicher.
Bemerkenswert oft treten Lügen und Nasereiben zusammen auf. Der Griff zur Nase (als ob sie jucke, weil die Situation ja auch durchaus ,,kitzelig" ist) kann eine Handlung sein, deren Ziel nur deswegen die Nase ist, um zu verbergen, daß sich der Finger eigentlich über den Mund legen sollte.

Erinnern Sie sich noch, wie man Sie als Kind und Schüler am Ohrläppchen zupfte? Es war dies die harmlosere Bestrafungsgeste, die die Wange verschonte. Dies erinnernd und nachahmend bestrafen wir uns selbst, wenn wir ein schlechtes Gewissen (vor allem wegen einer Lüge) haben.
Wer sich die Ohren zuhält, deutet damit seine Ablehnung an: ,,Davon will ich gar nichts hören!"

Hand-zu-Kopf-Bewegungen (IV)

Selbst-Adaptoren dienen in der Mehrzahl der Selbststimulierung oder Selbstbestrafung. Sie können sich aber auch ganz bewußt letztendlich gegen ein Gegenüber richten, also Schutz vor oder Abwehr gegen die Umwelt sein.

Die ,,Scheuklappen'' und der nach unten gerichtete Blick dienen der vollkommenen Abschirmung gegen die Umwelt: ,,Ich muß einen Augenblick für mich allein nachdenken.'' Es ist dies aber auch eine Abwehrgeste, um nicht weiter ,,behelligt'' zu werden.

Sehr deutlich wird das selbständige kritische Abwägen, das zur Ablehnung tendiert, wenn der Kopf schräg vom Partner weg in der Wange gehalten wird. Der schräge Blick von unten behält den kritisierten Partner bewußt im Auge.

Es gibt eine Geste, die Frauen eigen ist, wenn sie mit einer Aussage konfrontiert werden, die ihnen stark mißfällt: Dann geht die Hand langsam zum Hals, wobei unterwegs möglicherweise der Blusenkragen oder die Halskette scheinbar geordnet werden.

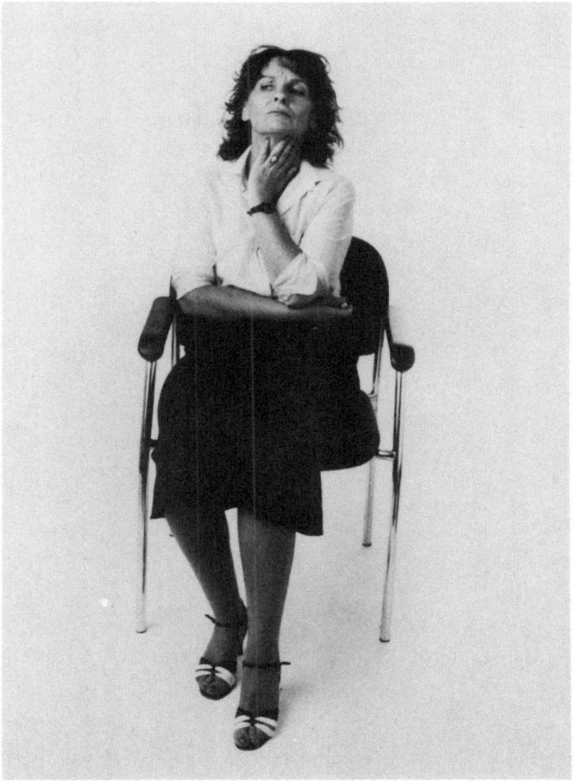

Hand-zu-Kopf-Bewegungen (V)

Wir haben gesehen, daß Selbst-Adaptoren dem Stimulieren von Gedanken dienen können. Sie können aber auch echte Aggression gegen sich selbst bedeuten oder Aggression gegen andere, die als eine Ersatzhandlung gegen das Selbst gelenkt wird.

Die in den Nacken geschlagene Hand ist eine Selbstbestrafung. Man packt sich selbst am Genick. Wahrscheinlich wird der Nacken zusätzlich gerieben oder gar zwischen Handballen und Fingern in die Zange genommen, so wie man einen ungehorsamen Hund im Nacken packt. Die gerümpfte Nase und der verzogene Mund betonen die Unzufriedenheit mit sich selbst.

Der Schlag mit der flachen Hand gegen die Stirn ist ebenfalls eine Selbstbestrafungsgeste: „Ich könnte mir selbst eine herunterhauen, daß ich das vergessen konnte!“

Ganz anders die im Nacken verschränkten Hände: So posiert jemand, der sich als Herr der Lage empfindet.

Hand-zu-Kopf-Bewegungen (VI)

Objekt-Adaptoren sind Gesten, die sich eines Gegenstandes, eines Kleidungsstückes oder auch eines Möbels bedienen. Diese Dinge werden dann nicht zweckgerichtet benutzt, sondern eher spielerisch. Im Gegensatz zu den Selbst-Adaptoren geschieht dies relativ bewußt. In der Regel ist innere Unruhe die Ursache für den Griff nach einem Objekt. An die Stelle der Selbstreizung durch körperorientierte Bewegungen tritt die Berührung (Streicheln, Zupfen, Drehen) von Objekten. Es handelt sich also um eine symbolische Selbstreizung.
Meist werden solche Gesten diskret und nur für wenige Sekunden ausgeführt. Sie können aber auch demonstrativ und dann andauernd eingesetzt werden.

Beliebt ist in diesem Zusammenhang das Spielen mit der Brille. Das Zurechtrücken und Schieben gegen die Nasenwurzel ist eine Art „Aufschieben“, ein Versuch, Zeit zu gewinnen: „Ich muß mir da erst noch einen besseren Durchblick verschaffen.“

Wird die Brille abgenommen und möglicherweise ein Bügel in den Mund geschoben, so ist dies meist ein Zeichen für Ablehnung.
Das ausgiebige Putzen der Gläser ist oft nur ein Vorwand, der der Handlung den Anschein eines praktischen Nutzens geben will, um den tieferen Grund zu verbergen.

Vervollständigen wir die Reihe der Objekt-Adaptoren noch durch ein Spielen, das natürlich nichts mit den Hand-zu-Kopf-Bewegungen zu tun hat.
Drehen eines Bleistifts oder Knipsen mit dem Kugelschreiber sind Abreaktionen von Nervosität und Ungeduld. Beobachten Sie ein solches Spielen, dann wird es Zeit, sich um das Interesse des Partners erneut und verstärkt zu bemühen. Vermeiden Sie selbst ein solches Zeichen des Unwillens und Ungehaltenseins! Oder wollen Sie Ihren Gesprächspartner bewußt nervös machen?

Die Finger (I)

Mit den Fingern läßt sich das ganze Alphabet durchbuchstabieren. Ihre Krümmungsfähigkeit macht sie für die vielfältigsten Zeichengebungen geeignet. Das Anhalterzeichen des Daumens ist allgemein bekannt. Einige obszöne Zeichen werden vielleicht weniger durchschaut.
Entsprechend ihrer unterschiedlichen Länge und Dicke besitzen die Finger unterschiedliche Wertigkeit. Ganz natürlich symbolisiert der Daumen, der in dem bekannten Kindervers den Reim und damit den Ton angibt („Das ist der Daumen") die kraftvollen, bestimmenden Aktionen, während dem kleinen Finger (der — wie es im Kinderreim heißt — die Pflaumen aufißt) etwas Kapriziöses anhaftet, zumal wenn er beim Anheben eines Trinkgefäßes manieriert bis affektiert abgespreizt wird.
Uns sollen hier nur die Gesten interessieren, die keine mythischen Symbole und keine speziell entwickelten Zeichen sind, sondern sich eher beiläufig ereignen, die einfach „passieren", weil eine unbewußte Botschaft mit ihnen verbunden ist.

Für die römischen Gladiatoren war der Daumen der Imperators der wichtigste Finger: wies er nach unten, bedeutete dies das Ende, war er aufgerichtet, bedeutet er Verschonung. Nun ist der Daumen heute nicht mehr der Finger, der herrisch über Leben und Tod gebietet, aber noch immer steht er aufgereckt als Zeichen möglicherweise rücksichtsloser Autorität. Ein unhöflicher Rausschmiß wird meist mit einem Daumenhinweis bedeutet.

Der einem gekrümmten Schnabel ähnelnde Zeigefinger, der die Tischplatte wie ein Specht bearbeitet, ist eine herrische Geste, die unerbittlich auf ein Fakt hinweist und auf einer Forderung besteht.
Das Trommeln mit den Fingern ist allgemein Zeichen von Nervosität und Unwillen.

Der senkrecht erhobene, in Gesichtshöhe gehaltene Zeigefinger ist ein Zeichen, das autoritär Achtung und Aufmerksamkeit gebietet. Diese alte Schulmeistergeste wirkt belehrend und ruft verständlicherweise aggressiven Widerstand hervor. Eine negative Reaktion muß es auch hervorrufen, wenn der Zeigefinger gleich einem Stilett mit kleinen Stoßbewegungen gegen eine Person gerichtet wird.
Das Abwinken mit dem Zeigefinger ist ein Emblem für Verneinung.

Die Finger (II)

Nach der vorausgegangenen Betrachtung einzelner Finger und ihrer möglichen Aktionen nun die Zuordnung mehrerer Finger zueinander, wodurch typische Figuren entstehen, die eine bestimmte Einstellung und Haltung verraten.
Nebenbei: Das Kämmen der Haare mit den leicht gespreizten Fingern kann dem Wunsch entspringen, Aufmerksamkeit zu erregen; die oftmals wiederholte Aktion zeugt jedenfalls von Selbstgefälligkeit bis Eitelkeit.
Das Zupfen der Finger an Ärmel, Revers, Rock- oder Bügelfalte kann ebenfalls auf ein eitles Selbstbewußtsein zurückzuführen sein. Es kann aber auch dem Wunsch zu widersprechen entspringen.

Hier sind alle Fingerspitzen zu einer Art Spitzdach zusammengelegt. Eine reduzierte Form können die gestreckten Zeigefinger und Daumen bilden. In jedem Fall — ob die Finger nun sehr gespreizt oder eher anliegend sind — kommt hier eine kritische Haltung zum Ausdruck, die, je nach Öffnungsgrad der Finger und Neigung der Spitze des Daches, bis zur klaren Ablehnung reichen kann.

Wenn die Finger so verschränkt stehen, daß sie gewissermaßen einen „Spanischen Reiter" bilden, dann dürfte für die Argumente des Gesprächspartners kein Durchkommen mehr sein. Wie Lanzen stehen die gestreckten Finger auf das Gegenüber gerichtet: die Finger als Waffensymbol. Eine technisch modernere Geste, die hohe Aggressivität signalisiert, ist die Nachahmung einer auf das Gegenüber gerichteten Pistole durch vorwärts gestreckten Zeigefinger und hochgereckten Daumen.

Friedfertiger erscheint diese sehr introvertiert ausgeführte Geste, obwohl sie auf subtile Art einer anderen Person ebenfalls nicht wohlgesonnen ist. Daumen und Mittelfinger der rechten Hand drehen den Ehering am linken Ringfinger. Ein solches Spielen mit dem Ring gilt den Psychologen als Hinweis auf Eheprobleme.

Die Stirnpartie (I)

Wenn ,,die Gesichtszüge entgleisen'', dann spätestens hat man ,,sein Gesicht verloren''. Wem es gelingt, ,,das Gesicht zu wahren'', der kann vielleicht dennoch dadurch entlarvt werden, daß man ihm ,,die Maske vom Gesicht reißt'', weil er eben doch kein ,,ehrliches Gesicht'' hatte.
Wahrhaftigkeit, Ehrlichkeit, Aufrichtigkeit, Glaubwürdigkeit — das alles versuchen wir, jemandem ,,aus dem Gesicht zu lesen''.
,,Was macht er für ein Gesicht?'' Sitzt er ,,mit verzogener Miene'' oder ,,ohne eine Miene zu verziehen'', macht er ,,gute Miene zum bösen Spiel?'' — Schier endlos sind die sprachlichen Übertragungen mimischer Reaktionen. Aber nicht nur die mimischen Reaktionen, die wir im Verlauf einer Begegnung am Partner beobachten können, geben uns Aufschlüsse über seine Einstellung zu uns oder den Gesprächsgegenstand; darüber hinaus vermögen wir, aus den Gesichtszügen auf seelische Eigenschaften zu schließen. Kein Zweifel, besondere charakterliche Eigenarten hinterlassen ihre Spuren auf dem Gesicht eines Menschen; dies naturgemäß um so stärker, je älter er ist. Bei einem älteren Schauspieler sprechen wir von den Mimikfalten, die sein Gesicht im Laufe der Jahre geprägt haben. Die Erfahrung des eigenen Lebens und die Charaktere seiner Rollen ,,stehen ihm ins Gesicht geschrieben''. Das gilt in gewissem Maße selbstverständlich für jeden Menschen (zumal auch wir ja unterschiedliche Rollen spielen).
Betrachten wir hier zunächst die Stirnpartie.

Die ,,hochgezogene Stirn'', die durch das Anheben der Augenbrauen entsteht, wodurch die Augen voll geöffnet werden, ruft Querfalten hervor. Wenn wir aus Angst, Erstaunen, Überraschung oder mangelndem Begreifen auf besonders viel sichtbare Informationen aus sind, reagieren wir mimisch auf diese Weise. Aber auch das plötzliche Begreifen gibt sich durch diese Mimik kund.

Wenn Sie Ihren Blick konzentriert auf einen ferngelegenen Punkt oder aber auf ein naheliegendes Objekt, das Sie gerade bearbeiten, richten, dann erreichen Sie die Fixierung durch ein Zusammenziehen der Augenbrauen, wodurch eine senkrechte, scharfe Falte über der Nasenwurzel entsteht. Auch geistige Konzentration und damit verbundene Entschlossenheit und vielleicht auch Eigensinn lassen sich aus der ,,Konzentrationsfalte" ablesen. In Verbindung mit anderen Merkmalen mögen auch Gereiztheit, Mißmut, Trotz, Ärger oder gar Wut die richtige Deutung sein.

Wenn waagerechte und senkrechte Falten kombiniert werden, dann entsteht die gekrauste Stirn. So zerknittert das Erscheinungsbild, so ,,zerknittert" auch der Seelenzustand. Man hat den Wirrwarr aus senkrechten und waagerechten Falten treffend ,,Notfalten" genannt, wobei die Not auf geistige Bedrängnis (mangelnde Begabung) zurückzuführen ist oder auf große seelische Belastung, hervorgerufen auch durch äußere Notsituationen, wo alles Grübeln eigentlich umsonst ist. Es ist dann alles eher zum Heulen. Tatsächlich ist bei Kindern diese Faltenbildung oftmals der Auftakt zum Weinen.

Die Augen (I)

Unzählig sind die poetischen Beschreibungen für das, was wir aus einem Auge zu lesen vermögen, denn das Auge gilt als ,,Spiegel der Seele''. Daß wir die Spiegelbilder seelischer Regungen in einem Auge wahrnehmen können, hat neben unerklärlichen auch durchaus sachliche Gründe. Bestimmte Zustände und Veränderungen des Auges, die einen bestimmten Ausdruck hervorrufen, sind beobachtbar. Gut erkennbar und gut zu beurteilen ist der Öffnungsgrad des Auges.

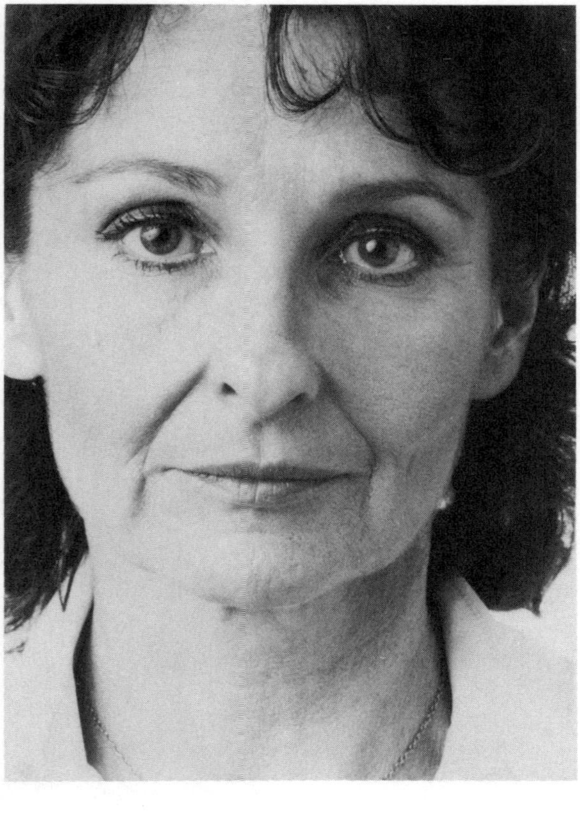

Das voll geöffnete Auge ist bereit, die Bilder der Außenwelt einströmen zu lassen, ohne sie zu kanalisieren. Die Devise lautet: wahrnehmen, aufnehmen, auf-sich-wirken-lassen, ,,mit offenen Augen durch die Welt gehen''. Ein aufgeschlossenes Sammeln der Eindrücke, ein Wahrnehmen der Phänomene noch ohne kritische ,,Sichtung''.

Mit aufgerissenen Augen verschlingt man alles mit gierigen Blicken. Manchmal sperrt man dabei noch Mund und Nase auf, um sich nur keinen Sinneseindruck entgehen zu lassen.
Die Primär-Affekte wie Freude und Entsetzen äußern sich in einem übertriebenen Öffnen der Lidspalte; ebenso Hilflosigkeit und endliches Begreifen. Der ,,warnende Blick“ mit weit geöffneten Augen kann Tadel und Hinweis sein.

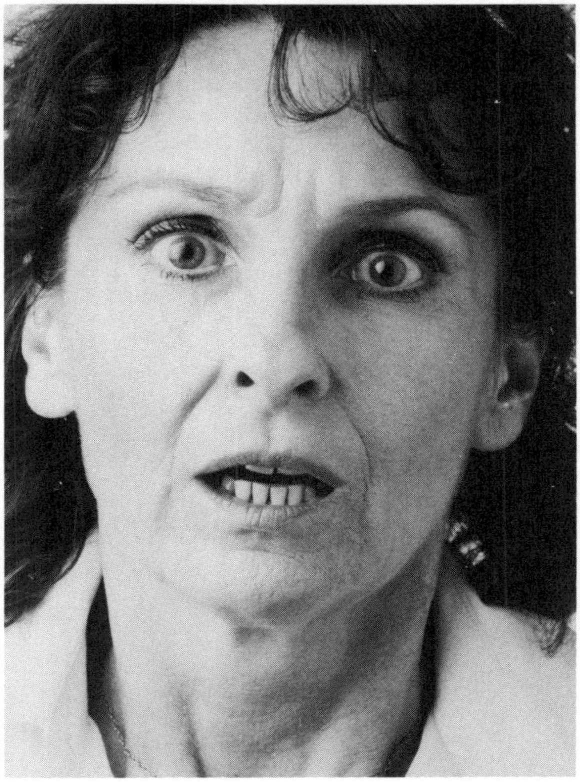

Wer das Augenoberlid wie einen Wolkenstore herunterhängen läßt, also gewissermaßen die Welt wie durch einen Vorhang betrachtet, dem fehlt es oft an Impetus; sein Desinteresse kann auf Langeweile, Arroganz und Blasiertheit beruhen. Jedenfalls gibt er der Umwelt zu verstehen, daß er sie zumindest momentan kein bißchen spannend findet. Als Dauerzustand ist das verhängte Auge Ausdruck eines lahmen bis stumpfen Wesens. — Vielleicht ist da jemand aber auch einfach nur todmüde.

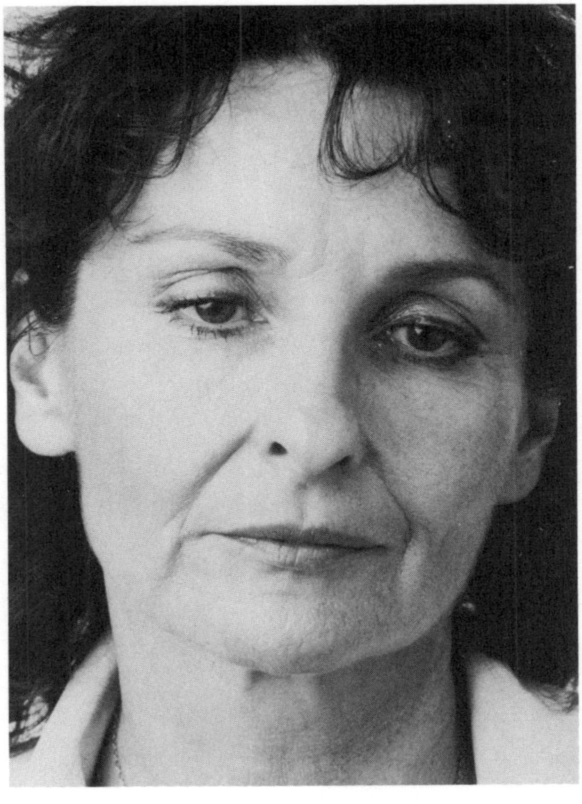

Die Augen (II)

Mit dem Lidschlag vermögen besonders gut werbende Signale gegeben zu werden. Mit einem Zwinkern wird, manchmal kokett, ein heimliches Einverständnis herzustellen versucht. Es gelingt uns recht gut, solche Lidbewegungen — so blitzschnell sie sich auch ereignen mögen — wahrzunehmen.
Bedeutend schwieriger ist die Beobachtung von Pupillenveränderungen. Solche Veränderungen sind eigentlich nur durch fotografisches oder filmisches Festhalten und vergrößerndes Projezieren sichtbar zu machen. Erhöhte Spannung führt zur Pupillenerweiterung, Spannungslösung zur Pupillenverengung.

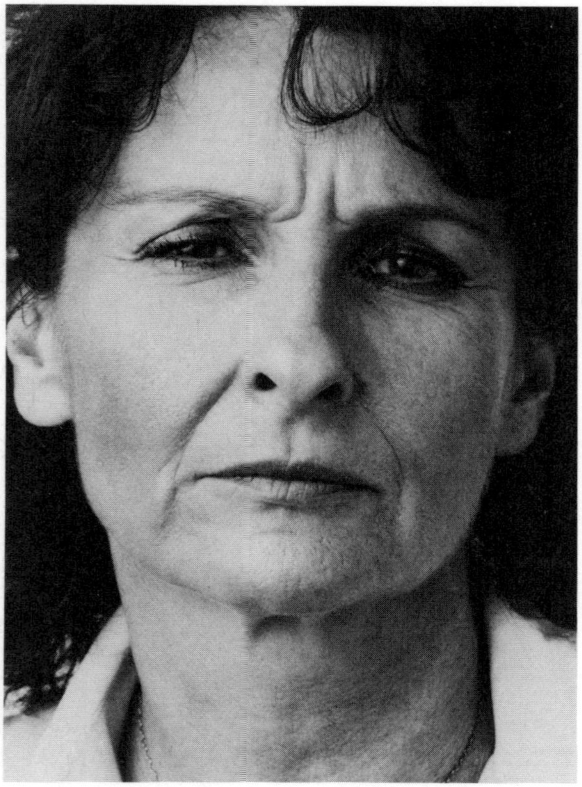

Das zu einem Sehschlitz verengte Auge zeigt die konzentrierte, kritische Verfolgung eines Gedankengangs, die Fixierung eines realen oder gedanklichen Ziels. Dies kann allerdings zu einer einseitigen Fixierung führen, die die Auseinandersetzung mit weiteren Informationen und Argumenten bewußt, also engstirnig, vielleicht auch mißgünstig vermeidet. Kommt es beim verengten Auge zu einem raschen, unregelmäßigen Lidschlag, dem sogenannten Blinzeln, dann ist dies eine nervöse Störung.
Mögliche Kurzsichtigkeit bedenken!

Das geschlossene Auge dient im Gespräch der momentanen Abschirmung gegen die Umwelt; wird dabei der Kopf gesenkt gehalten, wird damit signalisiert: ,,Kein Bedarf an weiteren Informationen!" oder: ,,Ich muß das bisher Gesagte erst einmal überdenken."
Hier bedeuten die geschlossenen Augen die Konzentration auf einen anderen Sinneseindruck, der offenbar ausgekostet sein will. Die Ausstülpung der Wange zeigt, daß die Zungenspitze sich einem Wohlgeschmack entgegendrängt.

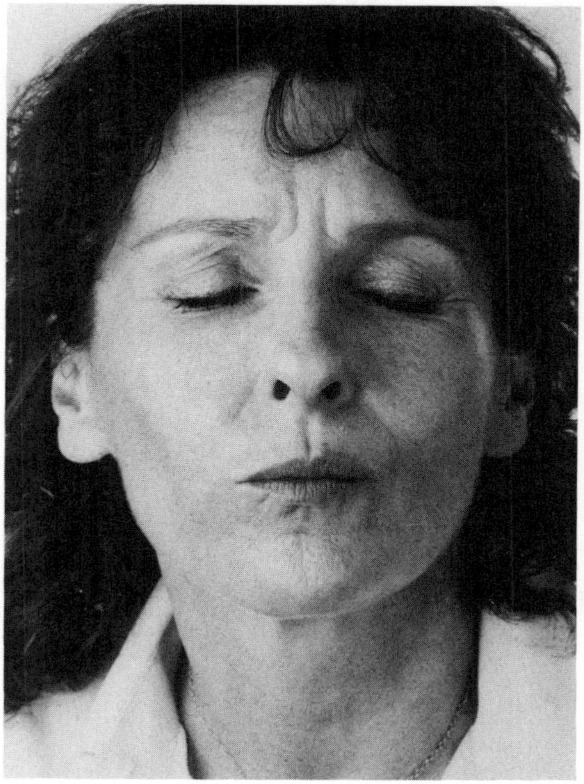

Da das Auge unser dominantes Sinnesorgan ist, schließen wir die Blende, wenn wir uns beispielsweise ganz aufs Hören konzentrieren wollen.
Das zugekniffene Auge resultiert aus einem störenden Reiz. Aber auch allein die Vorstellung von etwas höchst Unangenehmem kann dieses Zukneifen bewirken. Wer ,,kneift" macht einen Rückzieher; er will ,,der Realität nicht ins Auge sehen."

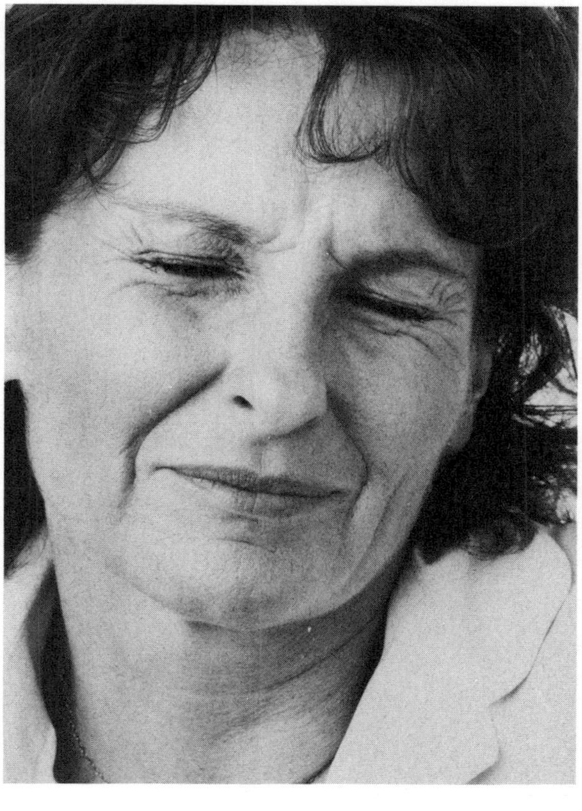

Der Blick (I)

Blickkontakt, Blickrichtung und Blickbewegung geben besonders gut Aufschluß über das Verhältnis zweier Gesprächspartner. Vom „tiefen Blick in die Augen" bis zum „keines Blickes würdigen" reicht die Skala. Deutlich wird über die Blicke, die gewechselt werden, wer der dominante Partner ist, wem die Sympathie gehört, wer „angesehen" ist. Dominante Persönlichkeiten suchen stärker Blickkontakt als ängstliche. Wegblicken beim Sprechen kann Unsicherheit über das Gesagte zum Ausdruck bringen; Blickkontakt beim Sprechen vermittelt den Eindruck von Authentizität, Kompetenz und Glaubwürdigkeit. Wer häufig unter sich schaut, wirkt unsicher und nervös. Je sympathischer eine Person empfunden wird, desto stärker wird der Blickkontakt mit ihr.
Geschäftspersonal und Amtspersonen sei folgende Beobachtung besonders zum Nachdenken empfohlen: Je häufiger der Blick dem Kunden (dem Bürger) zugewandt wird, desto auskunftsfreudiger, hilfsbereiter, liebenswürdiger und weniger stur gelten sie!

Der gerade, dem Partner voll zugewandte Blick wird am sympathischsten empfunden. Hier wird zu Recht vermutet, daß es nichts zu verbergen gibt, daß man die volle Anerkennung und Achtung des anderen genießt — Voraussetzung für ein offenes, vertrauensvolles Miteinander.

Geht der Blick am Gegenüber vorbei und landet auf irgendeinem Punkt im Raum, so ist zu befürchten, daß auch aneinander vorbei gesprochen wird. Ein solcher Blick gibt der Rede einen monologischen Charakter; vielleicht wagt da auch einer den anderen nicht anzusehen, weil seine Aussage nicht überzeugend ist.
Man kann den Partner aber auch ignorieren, indem man ihn richtungsmäßig anzusehen scheint, in Wirklichkeit aber durch ihn hindurch schaut mit leerem Blick.

Der verstohlene, schiefe, scheele Blick von der Seite über die Schulter macht die heimliche Beobachtung des Partners möglich; gleichzeitig entzieht man sich selbst seinen Blicken. Daraus mag günstigstenfalls nur Reserve, Skepsis oder Mißtrauen sprechen. Wenn die Augen aber so verengt sind, dann wird dieser Blick zu einem mißgünstigen, hinterhältigen Lauern.

Der Blick (II)

Wie lange darf oder soll man jemanden ansehen? Wohin genau soll man dabei schauen?
Bei Gesprächen erweckt man einen um so freundlicheren Eindruck, je länger man den Partner anschaut, je seltener man den Blick abwendet. Wenige, aber lange Blickkontakte werden positiver beurteilt als häufige, die aber immer nur von kurzer Dauer sind.
Dominante Persönlichkeiten versuchen, den anderen niederzustarren, zwingen ihn also, den Blickkontakt als erster zu unterbrechen. Das Anstarren und der durchbohrende Blick lösen allgemein eine Ausweichreaktion aus. Aus wechselseitigem Blickkontakt, ,,Auge in Auge'', dem beide Partner standhalten, spricht gegenseitige Achtung.
Damit nicht der Eindruck entsteht, man starre den anderen an, oder man sehe durch ihn hindurch, empfiehlt sich der Blickkontakt zum rechten oder linken Auge des Partners, oder man blickt auf die Nasenwurzel.
Von welch außerordentlicher Bedeutung der Blickkontakt für unser soziales Verhalten ist, macht schlagend das Ergebnis eines Experiments deutlich: Die verärgerten Versuchspersonen wurden durch Blickkontakt des Opfers von aggressiven Reaktionen (hier das Auslösen eines Elektroschocks) abgehalten!

Der Blick von unten muß nicht immer so feindselig sein wie hier. Wäre der Kopf nicht so gespannt gesenkt und der Rücken womöglich gekrümmt, so könnte der Blick von unten auch Unterwürfigkeit signalisieren.
Wenn es nicht gerade eine verehrte Dame ist, so schaut man nicht unbedingt gern zu einem anderen empor. Darum vermeidet man es, im Gespräch eine niedrigere Position (z.B. Sitzen gegenüber einem Stehenden) einzunehmen.

Wer auf einen anderen ,,von oben herab" schaut, der fühlt sich überlegen, Der zurückgenommene Kopf betont noch den kritischen Abstand. Die vermeintliche Überlegenheit kann zu Überheblichkeit und Hochmut führen. Dann wirkt der Blick ,,von oben herab" verächtlich.

,,Wenn ich hier nur schon wieder raus wäre!" — Wer so hilfesuchend an die Decke schaut, der hat nur noch den Wunsch, der Situation zu entkommen.
Ein solcher Blick nach oben kann aber auch Zwischenstation eines wandernden Blickes sein, der durch den Raum über die Einrichtungsgegenstände gleitet, prüfend und taxierend — vielleicht sogar mit Besitzanspruch. Der wandernde, abschätzende Blick, der eine Person mustert, kann aggressiv und beleidigend wirken.
Wandert der Blick unruhig hin und her, so ist erhöhte Reizbarkeit zu vermuten.

Naserümpfen und Schnuten

Unser ,,Gesichtserker“ ist ein ziemlich feststehendes Gemäuer; allzu viel läßt sich da nicht bewegen; entsprechend eingeschränkt sind die Möglichkeiten mimischer Reaktionen. Eigentlich sind nur zwei deutliche, klar sichtbare Veränderungen von Belang: das Aufblähen der Nasenflügel und das Naserümpfen.
Im Zustand der Erregung, wenn es gilt, möglichst sensibel und umfassend Informationen aufzunehmen, weil da vielleicht ,,etwas faul“ ist, werden die Nasenflügel aufgebläht, sowohl zwecks besserer Atmung als auch zur intensiveren Geruchsaufnahme.

Die gerümpfte Nase ist eine Art ,,Rückzieher“ vor etwas, das man ,,nicht riechen kann“, real und im übertragenen Sinn. Starker Widerwillen, vielleicht sogar Ekel lassen uns so reagieren. Es ist eine passive Gegenwehr, die letztlich den Anlaß der Unlust und des Mißvergnügens mehr übel als wohl erträgt.

Die Protestschnute erinnert an die Mundform beim Ausspucken. Da hat etwas einen „üblen Geschmack in Mund hinterlassen", das man loswerden möchte.
Die Genießerschnute sieht übrigens sehr ähnlich aus; die Begleitsignale sind dann allerdings ganz andere.

Mit dem Abtasten der Lippen mit der Zunge kann ein Essensgenuß noch einmal zusammenfassend nachgekostet werden.
Das Tasten der Zunge entlang der Oberlippe, kombiniert mit dem nachdenklich zurückgelehnten Kopf, hinterläßt den Eindruck, daß hier etwas in besinnlicher Form zu klären versucht wird.

Verlauf der Mundwinkel

Machen Sie sich das Vergnügen, wieder einmal wild Grimassen zu schneiden! Dabei merken Sie, daß der Mund der beweglichste Teil des Gesichts ist.
Je bewußter wir ihn beim Sprechen bewegen, desto besser ist unsere Artikulation. Wer ungern und undeutlich spricht, gilt als ,,mundfaul''; wer alles ein bißchen angeberisch und laut vorbringt, gilt als ,,Großmaul''.
Vorgeschobene Lippen wirken aggressiv, zurückgezogene Lippen verraten Ängstlichkeit. Uns soll hier vor allem die Lage der Mundwinkel zur Mundlinie interessieren.

Sind die Mundwinkel zurückgezogen und angehoben, so entsteht das sogenannte ,,10-vor-2-Gesicht''. In Werbeprospekten für Uhren werden Sie die Zeiger immer so eingestellt sehen, daß sie schräg nach oben weisen; offenbar eine positive Dynamik, die die Werbefachleute zu nutzen wissen. Auch Sie sollten diesen Effekt nutzen: Eine optimistische Grundeinstellung verleiht eine optimistische Ausstrahlung!

Die beiderseits gesenkten, heruntergezogenen Mundwinkel bewirken das „20-vor-4-Gesicht", das einen äußerst unfrohen Eindruck macht und auf eine negative Grundeinstellung zum Leben schließen läßt.
Der Dreiecksmuskel (auch „Trauermuskel" genannt) wird vom Gegenmuskel nicht mehr korrigiert; so entsteht das beständig weinerliche Gesicht des von allem enttäuschten Trauerkloßes.
Werden die Mundwinkel aktiv heruntergezogen, so ist dies der mimische Ausdruck von Abwertung, Geringschätzung, Neid, Mißgunst und auch „triefender Ironie".

Das süß-saure Lächeln entsteht, wenn die Mundwinkel asymmetrisch gestellt werden. Der herabgezogene Mundwinkel zeigt die Betroffenheit; der hochgezogene Mundwinkel zeigt den Versuch, die Betroffenheit zu überspielen. Die zwittrige Mundwinkelstellung ist aber auch bei einer spöttischen Haltung zu beobachten.

Der Mund (I)

Die Physiognomik, die Lehre von der Fähigkeit, aus dem äußeren Erscheinungsbild eines Kopfes auf innere Eigenschaften zu schließen, beschäftigt sich mit allen Teilen des Gesichtes, so natürlich auch mit der Formung des Mundes. Der weiche Mund soll auf besondere Empfindsamkeit schließen lassen; beim scharf geschnittenen Mund wird vermutet, daß die Persönlichkeit vor allem vom Intellekt her bestimmt ist; der harte Mund (schmale Lippen) ist für den Willensmensch charakteristisch.
Für den momentanen Eindruck ist aber neben der genetisch bedingten Ausformung entscheidend, welcher Spannungsgrad um den Mund herrscht.

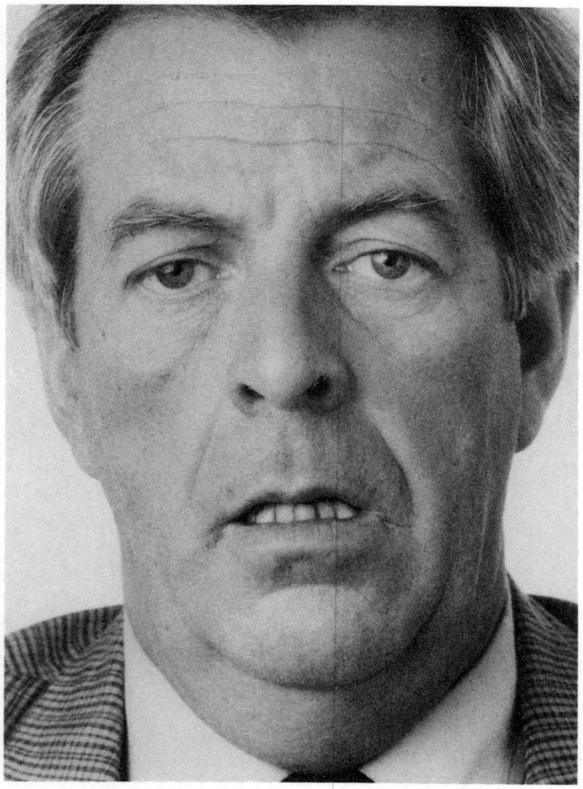

Hängt der Unterkiefer schlaff herunter, wodurch der Mund spannungslos leicht geöffnet steht, so zeugt dies von einer zumindest augenblicklich passiven Grundhaltung. So wird kein Entschluß gefaßt, und auch zu einer Stellungnahme besteht keine Lust.

Der Mund wird demonstrativ fest geschlossen gehalten. Das Kinn ist deutlich angehoben. Da wollen nicht länger Worte gewechselt werden. Die Sache ist entschieden; jetzt besteht Handlungsbedarf.

Die Lippen sind eingezogen und so aufeinander gepreßt, daß der Mund verkniffen erscheint. Die gesenkte Stirn vervollständigt das Bild von oppositioneller Einwilligkeit. Dem Gesprächspartner zum Trotz wird eine Sache beharrlich abgelehnt.

Lächeln und Lachen

Das zu Recht als besonders verräterisch geltende Lachen ist nicht allein eine Sache der Gesichtsmuskeln; der ganze Körper ist dabei mit einbezogen und natürlich auch die Stimme. Wir können kurz auflachen, losprusten, losbrüllen, wiehern, aber auch nur gickeln und kichern; wir können in Gelächter ausbrechen; das Lachen kann aus uns herausplatzen; wir können uns ausschütten und kugeln vor Lachen und uns krumm und schief lachen, ja, sogar (halb) totlachen oder zumindest Tränen lachen. Lachen wir auf „a", so rührt unser Lachen von echter Freude. Das meckernde Lachen auf „e" („ä"), ist nicht frei von Spott; wenn auf „i" gelacht wird, so ist dies mehr ein etwas kindlich-verschmitztes Lachen oder ein schadenfrohes In-sich-hinein-lachen.

Beim Lachen auf „o" bildet der Mund eine Schnute, was schon die Abwehr gegenüber einer Peinlichkeit beinhaltet. Das dröhnende Hohoho-Gelächter ist höhnischer Protest.

Mit diesem gespannten, gewollten Lächeln werden gleichzeitig die Zähne gezeigt; d. h. es ist gar kein so ,,entwaffnendes Lächeln''; möglicherweise wird hier eher gute Miene zum bösen Spiel gemacht. Das gemachte Lächeln kann so plötzlich, wie es auftaucht, auch wieder verschwinden.

Ein Lächeln zwar — und doch zeigen beide Mundwinkel abwärts; dies ist fürwahr kein anerkennendes, aufmunterndes Lächeln, sondern ein abwertendes Lächeln: ,,Da kann ich doch nur müde lächeln!''
Das sogenannte ,,Schmunzeln'' muß als Zwischenform gelten: Es zeugt nicht von vorbehaltloser Zustimmung, ist aber auch ohne negative Kritik. Aber man macht sich schweigend so seine eigenen Gedanken.

Körpersprachliche Signale zwischen Mann und Frau

Wir haben uns die körpersprachlichen Signale systematisch von ,,Kopf bis Fuß" angesehen. Sie wissen also nun, worauf es im einzelnen ankommt.

In dem folgenden kurzen ,,Fotoroman" geht es um die Polyphonie und Kontrapunktik der ,,Begleitmusik" all unserer Gespräche: also um den Zusammenklang und die Wechselwirkung der nichtsprachlichen Signale.

Die einzelnen Stationen der folgenden Kurzgeschichte werden im Zeitraffer-Tempo gezeigt. Also bitte keine falschen Hoffnungen, es werden keineswegs Patentrezepte für ein schnelles Happy-End gezeigt. Eingefangen sind hier typische Verhaltensweisen und Reaktionen, deren Abfolge auch ganz anders aussehen könnte.

Es geht darum, Sie zu sensibilisieren für eine komplexe Sehweise, die nicht einzelne Merkmale isoliert betrachtet.

In unserer kleinen Geschichte geht es zugegebenermaßen noch ganz konventionell zu, d.h. der Mann ist der Werbende, der den Flirt beginnt. Ein anderer Beginn der Geschichte wäre natürlich genauso denkbar. So aber wird deutlich, daß die Eröffnungszeremonie zur Paarung (soweit muß es natürlich nicht immer kommen) nicht viel anders verläuft als im Tierreich, wenn uns Menschen dies auch nicht passen mag.

Hier streicht das ,,Männchen" mit schon deutlichem Interesse um das ,,Weibchen", das zumindest Gleichgültigkeit, wenn nicht sogar Desinteresse signalisiert: die Knie werden fest aneinandergepreßt gehalten, den Schoß schützt die Handtasche mit den darübergelegten Händen. Hier sitzt kein Mauerblümchen, das sich ins äußerste Eckchen der Parkbank verkrümelt hat, aber auch keine Frau, die es auf ein Abenteuer angelegt hat; ein Flirt mit der Sonne hätte ihr heute wohl genügt. Da die Sonnenbrille ihre Augen verbirgt, hält sie den Kopf nicht gesenkt, sondern gestattet sich, den so auffällig vorbeigehenden Herrn zu registrieren. Dieser Herr scheint absichtslos mit den Händen in den Hosentaschen (also nicht bereit zur Tat) vorbeizuschlendern. Der Kopf ist allerdings so deutlich der Dame zugewandt, daß ein abschätzender Blick im Vorübergehen möglich ist. Vielleicht zwinkert er ihr sogar zu. Noch ist es übrigens so, daß die Männer sich weit häufiger den Frauen zuwenden, also die Initiative ergreifen.

Na also — er bleibt stehen, dreht sich deutlich um, markiert mit den Händen immer noch den Passiven, aber hat die Lippen schon im Vorgenuß zur Genießerschnute geformt, durch die vielleicht die Luft so ausströmt, daß ein leichter Pfeifton entsteht.
Die Dame schaut leicht perplex, das Kinn ist ihr etwas heruntergefallen. Das linke Bein drückt deutlich vom ,,Aggressor" weg gegen das rechte.

Diese Beinhaltung wird von der Dame beibehalten. Aber im oberen Bereich kommt es bereits zur positiven Aktion: sie hat ihren Taschenspiegel gezückt, richtet mit der linken Hand das Haar und erwidert den Blick des Mannes. Eine ,,Putzhandlung" wie das Ordnen der Haare ist bei den Herren der Schöpfung natürlich genauso zu beobachten. Allerdings kommt der Griff zum Haar bei Frauen häufiger vor als bei Männern.
Der Herr motiviert sein Stehenbleiben nach außen hin mit dem Anzünden einer Zigarette, was zudem (siehe die entsprechende Werbung) als besonders ,,abenteuerlich" gelten mag. Das eigentliche Motiv seines Handelns verrät allerdings der lange — normalerweise als viel zu lang empfundene — Blick auf die Dame, der er somit ganz unverhohlen sein Interesse bekundet. Wohin es ihn zieht, und wem seine Neigung gilt, das zeigt die ganze Haltung, die den Schwerpunkt mächtig in Richtung des ,,Opfers" verlagert hat; die linke Ferse ist schon startbereit vom Boden abgehoben.

Dem langen, abschätzenden Blick folgt eine deutliche Zuwendung des ganzen Körpers. In der Art und Weise, wie dies hier geschieht, liegt fast schon etwas Exhibitionistisches: der Herr führt lässig (Standbein-Spielbein-Position mit zu der Dame vorgestrecktem rechten Knie) seinen Body vor, dessen erotisches Zentrum er recht eindeutig markiert, indem er die Daumen im Gürtel eingehängt hat und die übrigen Finger Richtung Genitalbereich weisen läßt. Der Oberkörper ist gespannt, der ganze Körper wirkt gestrafft, um Jugendlichkeit, Kraft und Elastizität zu demonstrieren. Im ganzen ein etwas aufdringliches Imponiergehabe, so schrill wie das Balzen eines Auerhahns.
Die Quittung dafür ist entsprechend. Die Dame hat mit solchem ,,Männlichkeitswahn" offenkundig wenig im Sinn. Sie zeigt dem Herrn kühl die linke Schulter. Die Beine hat sie so übereinandergeschlagen, daß sie von dem Werber wegweisen. Der Oberkörper ist ausweichend, Distanz schaffend, zurückgelehnt. Die Lässigkeit, mit der der rechte Arm auf der Rücklehne liegt und den Kopf im Nacken stützt, sieht etwas nach gespielter Gleichgültigkeit aus. Der Blick (immer noch hinter den dunklen Brillengläsern schwer auszumachen) geht scheinbar in die Ferne, um zu zeigen, daß das Naheliegende (Nahestehende) nicht interessiert. Ein etwas süß-saures Lächeln beweist, daß der Herr sehr wohl registriert wird, daß die Dame aber noch nicht weiß, ob sie nun ,,süß" oder ,,sauer" reagieren soll.

Da die Dame die Bank nicht so besetzt hatte, daß ein absoluter Anspruch auf dieses Revier aus ihrer Sitzhaltung hervorgegangen wäre, hat sich der Herr in seiner Angriffslust die Freiheit genommen, sich neben sie zu setzen. Dabei hat er das Distanzgebot aber ganz im Sinne seiner Vorwärtsstrategie völlig mißachtet. Mit dem linken Arm, den er hinter der Dame auf die Banklehne gelegt hat, ist er respektlos in deren Revier eingedrungen, was zur Folge hat, daß die Dame ihre Verletzlichkeit und ihr Verletztsein demonstriert, indem sie mit der linken Hand an ihren Hals greift. Die Sitzrichtung hat sie so geändert, daß die überschlagenen Beine wieder von dem Eindringling wegweisen; ebenso hält sie den Kopf demonstrativ abgewandt. Der Mund ist fest geschlossen. Als Barriere zwischen sich und dem Zudringlichen hat sie ihre Handtasche gestellt, um die Grenze eindeutig zu markieren.
Der Herr hat die Beine ebenfalls übereinandergeschlagen, um durch diese Imitation seine Sympathie zu bekunden; natürlich weist seine rechte Fußspitze dabei deutlich auf das Ziel seiner Wünsche. Mit dem fragend-forschenden Blick mit angehobenen Augenbrauen gehen waagerechte Stirnfalten einher. So ganz sicher ist sich der Herr seiner Sache noch keineswegs. Also putzt er sich zunächst noch ein bißchen heraus, indem er die Haare glättet.

Dann fällt ihm ein simples Manöver ein: Er bietet der Dame eine Zigarette an. Dieses einfache Mittel zeigt zumindest schon halbwegs Wirkung: während die Beine der Dame weiterhin von dem Kavalier wegweisen (der rechte Fuß allerdings merkwürdig verdreht schon in Richtung des möglichen Partners geht), ist der Oberkörper dem Herrn zugewandt. Der Blick und das Lächeln werden erwidert. Und dieser direkte Blick scheint länger zu sein als üblich.

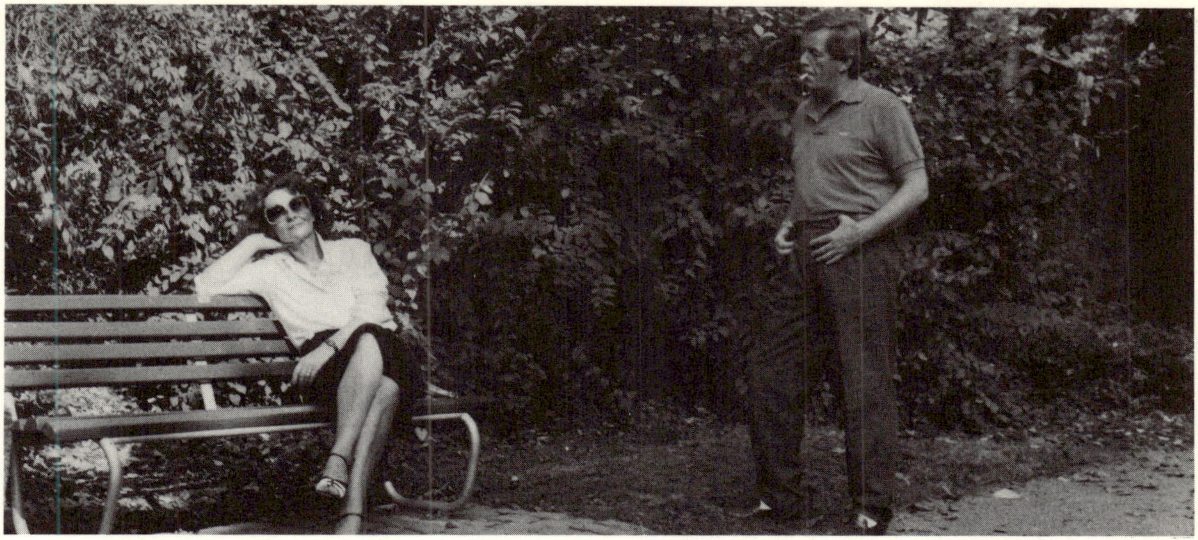

Hier ist schon ein Einverständnis durch die spiegelbildliche Haltung der beiden vorweggenommen. Die Dame hat die Sitzposition gewechselt, so daß nun das linke Bein über das rechte Bein geschlagen ist, und damit beide Beine zum Partner weisen. Auch die Haltung der Arme beim Rauchen und der auf die Rücklehne aufgelegten Hände ist bei beiden identisch. Diese äußere Haltungskongruenz deutet wohl auf ein Happy-End unserer Geschichte hin. Aber vielleicht geht es auch ganz einfach nur um eine nette Unterhaltung? Jedenfalls ist die erste Hürde genommen: sie liegt in Gestalt der Handtasche nun nicht mehr zwischen den beiden, sondern links neben der Dame.

Nein, so platonisch scheint dieses Treffen eben doch nicht angelegt zu sein! Die Geschichte bekommt nun ihre erotische Richtung durch beider Aktivität. Dazu hat die Dame erst einmal die Sonnenbrille abgenommen; fortan kämpft sie mit offenem Visier. Der Herr hält den Kragen seines Hemdes so geöffnet, daß sein Goldkettchen (dieser verspielte Krawattenersatz) auf seiner haarigen Brust sichtbar wird. Die Dame revanchiert sich für dieses animierende Signal, indem sie ihre Bluse in Brusthöhe streicht. Beide halten die Köpfe auffordernd schräg nach oben zueinander; der Blick der Dame ist dabei nicht ohne Herausforderung.

Der Herr hat die Herausforderung nur zu gerne angenommen. Er zeigt nun eine geöffnete Sitzweise, die frei ist von einer konventionellen Haltung. Mit der linken Hand berührt er zum ersten mal den Arm der Begehrten. Den Kopf hat er weit vorgereckt, so daß die Nasenspitze schon in den Duft der Haare der Frau getaucht ist. Er lächelt sie aufmunternd, auffordernd an.
Diese Aufforderung mag der Umworbenen im Augenblick noch etwas zu weit gehen, was sie durch die niedergeschlagenen Augen und das verlegene Lächeln zu verstehen gibt. Ihre Hände liegen unentschlossen — untätig im Schoß. Und ihre Beine bleiben weiter verschlossen!

Die erste körperliche Berührung durch den Mann hat bei der Frau zwar keine aktive Erwiderung, aber eben auch keine aktive Abwehrmaßnahme hervorgerufen. Kein Wunder, daß der Herr den Zugriff intensiviert, wobei er die Beine nun fast schon gespreizt hält. Den linken Arm hat er der Dame auf den Rücken gelegt — eine Vertraulichkeit, die schon Besitzanspruch anmeldet.
Da kommen der Dame doch erhebliche Zweifel, wie der seitliche fragende Blick und der Zeigefinger an der Unterlippe beweisen. Die Beine hält auch sie jetzt zwar geöffnet, aber die rechte Hand hat sie mit gespreizten Fingern schützend auf ihren Schoß gelegt.

Die Zweifel scheinen geschwunden zu sein. Also bereitet man sich vor auf jenen Kontakt, der, wenn die ersten Berührungen der Hände erfolgt sind, unweigerlich folgen wird. Das Schminken der Lippen markiert das Ziel des Kontaktes. Im Vorgenuß streicht die Zungenspitze des Herrn genießerisch über seine Oberlippe. Sein verengter Blick zeigt die erotische Spannung, in der er sich zusätzlich durch das Berühren des fremden Haares versetzt.

Alle Vorbereitungen sind getroffen. Die Dame hat sich weit zurückgelehnt; durch diese Haltung und durch die ausgestreckten Arme tritt die Brust betont hervor. Der Kopf ist leicht zurückgelegt; die Dame gibt sich wehrlos. Das Lächeln und der leicht geöffnete Mund sind eine deutliche Einladung. Die Berührungen durch den Mann rufen keinerlei abwehrende Anspannung mehr hervor. Im Gegenteil: die Berührung des Knies durch die tastenden Fingerspitzen des Mannes scheinen ihre wohlige Hingabe hervorzurufen.

Halb zieht es sie, halb sinkt sie zurück. Aber das Lachen zeigt, wohin die Reise geht.

Noch scheint es nur freundschaftlich zuzugehen.

Aber der Besitzanspruch beruht auf Gegenseitigkeit, und wie die Hand des Herrn auf dem Gesäß der Dame anzeigt, wird es dabei um mehr als Freundschaft gehen.
Ein guter Grund, über die Fortsetzung der Körpersprache zwischen Mann und Frau den Mantel des Schweigens zu breiten...

Körpersprachliche Signale zwischen Geschäftspartnern

Die folgende Serie von Standfotos, mit denen die Phasen einer geschäftlichen Verhandlung, eines Verkaufsgesprächs chronologisch festgehalten wurden, möchte Sie sensibilisieren für die nicht-sprachlichen Botschaften, die den Stand der Dinge besser zum Ausdruck bringen als alle Worte.
Von der Begrüßung bis zur Unterschrift werden hier alle Stationen durchlaufen: Einschätzung des Gesprächspartners und Schaffung der Beziehungsebene, Präsentation, Argumentation und Einwand, Preisnennung und Abschluß. Die rein rhetorischen Elemente, beispielsweise zur Bedürfniserkundung (Fragetechnik), bleiben hier zwangsläufig ausgespart. Die typischen körpersprachlichen Reaktionen während eines solchen Gesprächs sind dagegen exemplarisch dokumentiert.

Der Herr links mit Brille ist der besuchte Kunde (K); der Herr rechts mit Aktentasche ist ein Verkäufer (V), wobei sein Produkt oder seine Dienstleistung hier unerheblich sind. Wir nehmen an, daß die beiden Herren sich noch nicht kennen, daß K für V also ein Neukunde ist, und daß es sich um einen Erstbesuch handelt.
Ein Verkaufsgespräch verläuft wie jedes andere Gespräch auf einer Sach- und einer Beziehungsebene. Von der Sache kann K noch nicht viel wissen; auf der Beziehungsebene tut sich aber schon allerlei. K hat es nicht für nötig befunden, seinen Platz hinter dem Schreibtisch zur Begrüßung zu verlassen; er hat sich noch nicht einmal richtig erhoben. Der Blick zu V kommt daher kritisch von unten. Arm und Hand scheinen schon wieder im Rückzug. Man kann sich vorstellen, daß all dies die Quittung für ein zu forsches Auftreten von V ist. Möglicherweise ist V, ohne ein ,,Herein" erst abzuwarten, in das Büro gewissermaßen eingedrungen; er wird wohl kaum abwartend an der Tür stehen geblieben sein, sondern sehr zielstrebig und flott zum Schreibtisch gestürmt sein, bevor K ihm überhaupt Entgegenkommen zeigen konnte. V scheint mehr auf Entgegennahme zu setzen, wie sein weit ausgestreckter Arm und sein sicherlich fester Händedruck signalisieren. Die angehobene Aktentasche zeigt ebenfalls an, daß da einer ganz schnell zur Sache kommen möchte, ohne Rücksicht auf den Ich-Zustand des Gesprächspartners. V ist hier also das genaue Gegenteil eines zögerlichen, unsicheren Verkäufers. Die übertriebene Dynamik aber kann genauso hinderlich sein wie bei der Schaffung einer positiven Beziehungsebene und Atmosphäre.

Unser Dynamiker tritt denn auch gleich ins nächste Fettnäpfchen: Die Aktentasche wird quasi mit ,,voller Breitseite" auf den Schreibtisch von K deponiert und mit der linken Hand als ,,Das ist meine Sache" deklariert. Die rechte Hand hat gar die imaginäre Grenzlinie (das ist für V äußerstenfalls die Tischmitte) weit überschritten; die Fingerspitzen befingern die Geschäftsunterlagen von K nach dem Motto ,,Was Dein ist, ist mein." Fehlt nur noch, daß V die ,,Invasion" vollkommen macht, indem er gleich selbst über den Schreibtisch springt. Absprungbereit scheint er durch den extremen Stuhlkantensitz und den weit vorgebeugten Oberkörper ja schon zu sein! Sein Kopf ist aggressiv vorgereckt; der Blick herausfordernd auf K fixiert.
K scheint von all dem etwas überrumpelt zu sein, so daß er mit keiner Gegenoffensive zu parieren vermag, sondern es zunächst bei einem Ausweichmanöver beläßt: er hat sich mit dem Oberkörper seitlich von V abgedreht. Die verschränkten Arme verstärken seine Verteidungsstrategie. Nur der Kopf bleibt V zugewandt, um den zu diesem Zeitpunkt als Gegner verstandenen Eindringling im Auge zu behalten.

V hat verstanden und einen sehr vernünftigen Rückzug vollzogen: die Aktentasche steht nun neben ihm auf dem Boden; der Oberkörper ist zurückgenommen; die Sitzfläche wird voll eingenommen in Erwartung eines längeren, gründlichen Gesprächs; die linke Hand liegt entspannt auf dem Oberschenkel, die rechte locker auf der Schreibtischkante; der Kopf ist leicht geneigt; der Blick voll auf K gerichtet.
K hat es sich in dieser entspannten Gesprächsatmosphäre bequem gemacht: Die Beine sind übereinandergeschlagen, der Rücken angelehnt. K erwidert den Blick von V offen mit zugewandtem Kopf; seine Gestikulation wirkt entspannt und sachlich.

Es wurde vorhin gesagt, daß jedes Gespräch auf einer Sach- und einer Beziehungsebene stattfindet, wobei die Beziehungsebene den Ausschlag für den Erfolg oder auch Mißerfolg gibt.
Der Schaffung einer positiven Beziehungsebene muß die richtige Einschätzung des Gesprächspartners vorausgehen: Welches „Ich" tritt in ihm dominant hervor, und welcher Ich-Zustand bestimmt ihn im Augenblick?
Hier ist K offenkundig ein Programm-Mensch, oder er wird zumindest im Augenblick von seinem Programmierungs-Ich beherrscht, d.h. ihn bestimmen übernommene Gewohnheiten und Verhaltensweisen, die er mit Floskeln wie „grundsätzlich — prinzipiell — für mich gilt immer noch — das ist nicht üblich" vertritt; hier sogar etwas arrogant mit überhöhter Kopfhaltung und einem Blick von oben herab. Die auf der Tischplatte aufgestellten Handkanten und aufgerichteten Daumen signalisieren den Absolutheitsanspruch seiner Ausführungen.
Es gibt aber auch ein liebevolles Programmierungs-Ich, das dem Gegenüber gewissermaßen väterlich und verständnisvoll begegnet.

Diesen K beherrscht — zumindest im Augenblick — sein Kindheits-Ich, das alle Gefühle unkontrolliert zum Ausdruck bringt. Die natürliche Freude am Leben wird nicht versteckt. Die Armbewegungen sind offen und weit ausladend. Das Lachen ist herzlich. Warum dieses natürliche Kindheits-Ich nicht öfter mal zeigen?
Es gibt allerdings auch ein weinendes Kindheits-Ich, das jammert und nörgelt und immer getröstet sein möchte. Das sollten wir durch eine optimistische Haltung selbst verscheuchen, anstatt andere damit zu belästigen!

Ideal für eine Verhandlung ist ein solcher K. Wer von seinem analytischen Ich bestimmt wird, der reagiert vornehmlich als Verstandes-Mensch. Hier dürfen wir Objektivität erwarten, die auf Sachverstand und Einsicht gründet. K hat Daumen und Zeigefingerspitzen leicht zusammengelegt, so daß sie ein Dreieck formen. Verstand und Sensibilität halten sich hier die Waage. Das leichte Lächeln und der offene Blick werben für die Sache.
V hat es in einem solchen Fall leicht, auf den Ich-Zustand des K mit einer identischen Einstellung einzugehen. Das Gespräch funktioniert auf beiden Ebenen, der Beziehungs- und der Sachebene.
In den beiden vorausgegangenen Situationen wird V bemüht sein, baldmöglichst eine Beziehungsebene zu schaffen, die vom analytischen Ich bestimmt wird.

Wir nehmen an, V hat die Bedürfnisse von K erforscht und beginnt nun, seine Argumente vorzutragen, um K zu einem Abschluß zu motivieren, der die Bedürfnisbefriedigung beider Parteien beinhaltet.
V ist wieder in seine alte Vorwärtsstrategie verfallen, die die Tendenz hat, immer mit der Tür ins Haus zu fallen, was man einen „aggressiven Verkaufsstil" nennt, dessen Erfolge fragwürdig sein können. Die ganze Haltung wirkt angespannt; die zur Darlegung des Arguments vorgestreckten Hände werden zwar offen mit den Handflächen nach oben gehalten, die Finger aber weisen stark gespreizt nach vorn; die Daumen sind aufgestellt; die Mundpartie wirkt stark angespannt; die hochgezogenen Augenbrauen und Stirn geben dem Blick starken Appellcharakter.
K hat auf das Drängen von V mit Ablehnung reagiert: im Zusammenhang mit seinen verschränkten Armen wirken seine hochgezogenen Augenbrauen und die waagerechten Stirnfalten kritisch-ablehnend.

V läßt nicht locker: seinem aggressiven Stil fügt er jetzt sogar noch eine drohend-belehrende Komponente hinzu. Der Oberkörper ist weit zu K vorgebeugt. Die linke Hand stützt sich flach auf der Tischplatte ab: da ist Druck dahinter. Der rechte Zeigefinger steht schulmeisterlich erhoben. Der Blick kommt bedrohlich von unten.
K nimmt hierzu Stellung mit einer zwittrigen Haltung: einerseits verläßt er sich auf seinen „Heimvorteil", d.h. er bleibt entspannt zurückgelehnt mit übergeschlagenen Beinen sitzen. Das Kinn aber ist leicht nach unten gedrückt; der Mund zeigt ein süß-saures Lächeln; die Stirn ist skeptisch-mißbilligend hochgezogen. Die Hände liegen zwar im Schoß, aber der Drang zur Abwehr zeigt sich in den zu einem „Spanischen Reiter" verschränkten Fingern.

Da das Drohen nicht geholfen hat, verlegt sich V jetzt aufs Bitten, das allerdings nicht demütig ein Almosen erhofft, sondern von K so ziemlich alles fordert; der Schreibtisch scheint V ja mittlerweile schon zu gehören!
Anstatt mit einer scharfen Zurückweisung zu reagieren, sucht K sein Heil in der Passivität: die Hände unterm Tisch denken nicht daran, in die dargebotene Schale etwas hineinzulegen. Die Mundwinkel sind grämlich herunterzogen, die Stirn ist sorgenvoll gefaltet: „Mir geht es schlecht, ich habe nichts zu verschenken!"

Jetzt endlich hat K den Spieß umgedreht, und V zeigt Wirkung. Die geballte Rechte von K und die zur Waffe erhobene Schere deuten auf offenen Kampf. Der gespannt aufrechte Sitz, der fest geschlossene Mund, die senkrechte Stirnfalte („Zornesfalte") und der Blick fest geradeaus, zeigen die Entschlossenheit, mit der der Gegenangriff hier geführt wird.
V's linke Hand klammert sich an die Stuhllehne; Kopf und Blick sind ergeben gesenkt. Fürs erste gibt er sich geschlagen.

Aber das Feld räumt V deswegen noch lange nicht.
K bedeutet V mit einem „dringenden" Telefongespräch, daß er keine Zeit mehr für ihn hat. Den Oberkörper hat er so von V abgewandt, daß er ihm nur noch die „kalte Schulter" zeigt. Sein Blick aber kontrolliert von der Seite mißtrauisch das Verhalten von V.
V registriert dies alles nicht. Er hofft, die göttliche Eingebung aus seinem Kugelschreiber saugen zu können. Dabei geht sein Blick an K vorbei suchend in die Ferne.

Mit dem plötzlichen dringenden Telefonat hat K bereits zu demonstrieren versucht, daß er das Gespräch mit V beenden möchte. Mit seinem Blick aus dem Fenster und seinem Spielen mit dem Kugelschreiber wird nun ostentativ Langeweile bekundet: „Mein Herr, Sie und Ihr Angebot interessieren mich in keinster Weise!"
V versucht dies zu ignorieren und konzentriert sich auf die schriftliche Fixierung irgendwelcher Daten und Fakten, was ihm in dieser Situation kaum weiterhelfen dürfte; so kann er den Kontakt nicht neu knüpfen. Da wird er sich schon noch etwas anderes einfallen lassen müssen!

W

W

W

Voilà! V hat in seinem Argumenten-Köfferchen ja noch etwas in Reserve. Die weit geöffneten Augen kennen wir als ,,Achtung"-Zeichen; die linke Hand weist auf die interessante Neuigkeit.
K stützt sich auf der Tischplatte ab; der Kopf ist gespannt vorgereckt; der Mund ist leicht geöffnet; der Blick folgt konzentriert dem Hinweis.

Endlich ist es V eingefallen, daß die Visualisierung die wichtigste Methode für die Präsentation eines Angebots ist! Er hat seine Demonstration zudem gleich dazu benutzt, seinen Platz am Schreibtisch gegenüber von K zu verlassen und sich neben K zu stellen, wodurch er diesmal auf ganz legitime Weise die Revierabgrenzung aufhebt und zunächst zu einer räumlichen Gemeinsamkeit mit K kommt.
K hat dies auch völlig akzeptiert und gibt mit seiner interessierten Zuwendung das Angebot als gemeinsame Sache zu verstehen.

Das heißt natürlich nicht, daß es ungeprüft akzeptiert würde. Der leicht von V abgewandte und gegen die geschlossene Hand gestützte Kopf, wobei der Zeigefinger die Stirn berührt, und der geschlossene Mund zeigen an, daß das Angebot erst einmal durchdacht sein will.
V kann das Ergebnis dieses Denkprozesses von K verständlicherweise kaum abwarten. Mit gesenkter Stirn, Blick von unten und zusammengepreßten Lippen beobachtet er K äußerst gespannt.

Aha! Die Sache hat natürlich doch noch einen Haken — und das ist so kurz vor dem Ziel meist der Preis. Daumen und Zeigefinger reibt V aneinander wie ein Geldeintrieber. Dazu noch der vorgeschobene Kopf und der fordernde Blick — nein, da macht K nicht mit! Mit beiden Händen drückt er sich von der Schreibtischkante ab, nimmt auch den Kopf zurück und zieht die Schultern schützend hoch. Der Spannungsgrad (gestreckte Hände, angehobenes Kinn, gespannte Mundwinkel, hochgezogene Augenbrauen, waagerechte Stirnfalten) deutet auf aktive Ablehnung.

Mit aufrechter Haltung versucht hier K (im Bewußtsein seiner Position der Stärke) den Preis so weit niederzudrücken, bis er zwischen seinen flach ausgestreckten Händen und der Tischplatte möglichst auf Null geschrumpft ist.
Diesem drohenden Verlustgeschäft beugt V vor, indem er sich mit der linken Hand die Tasche zuhält, während er sich mit der rechten am Revers festhält, um standhaft zu bleiben, denn schließlich verkauft er ja keine Rabatte!

Aber man kann ein gewisses Entgegenkommen zeigen. V scheint bereit zu sein, bei Erfüllung bestimmter Konditionen (z. B. einem größeren Auftrag) die Preisgestaltung zu modifizieren.
Aber auch dies mißfällt K ganz offenkundig. Die Mundwinkel sind ablehend heruntergezogen. Und das Zupfen am Ärmel deutet ebenfalls auf Ablehnung.

Was kann man da noch tun? Wenn alles Fragen und Reden nicht mehr weiterhilft, dann hilft nur noch die Macht des Schweigens. Denn „Schweigen ist ein Argument, das kaum zu widerlegen ist!“
Sitzen Sie freundlich lächelnd da! Sagen Sie nichts, tun Sie nichts! Das Einpacken Ihrer Unterlagen würde signalisieren, daß Sie aufgeben! Und plötzlich bemerken Sie als V die zunehmende Unruhe von K: Als ein Zauderer und Aufschieber druckst er herum und wird zunehmend nervöser. Er stützt sich auf seinen Schreibtisch, als wolle er gleich aufstehen. Er wagt V nicht anzusehen, und seine Stirn zeigt die kummervolle Mischung von senkrechten und waagrechten Falten.
Die Zungenspitze von V hat sich schon hervorgewagt und leckt die Oberlippe im Vorgenuß des nahen Erfolges.

Da wir alle als mehr oder weniger entscheidungsschwach gelten, bedürfen wir, um zu einem Abschluß zu kommen, manchmal eines freundlichen Schubses. V versucht, durch sein beharrliches Schweigen und Lächeln und den freundlich hingehaltenen Kugelschreiber den Anstoß zur Unterschrift zu geben.
Die Zweifel von K wallen aber noch einmal mächtig auf. Um nicht im Sinne von V handeln zu müssen, hält er die rechte Hand in der Hosentasche versteckt; mit der linken Hand kratzt er gegen die Bedenken in seinem Hinterkopf an. Die Nase hat er gerümpft, als ob er da einen „Braten rieche“, der ihm nicht ins Konzept paßt.

Wenn dem Bedürfnis von K ein faires Angebot von V gegenübersteht, dann wird der Wunsch nach Bedürfnisbefriedigung letztlich zum Abschluß motivieren. Kein Sieger und kein Besiegter, sondern zwei gleichberechtigte Partner besiegeln zu guter letzt die Förderung ihres gemeinschaftlichen Interesses. Vertrauensvoll blickt man sich in die Augen, und die Gemeinschaft spiegelt sich in der Haltungskongruenz wider.

Gestik beim Vortrag

Die Sprechweise (Tempo, Pausen, Lautstärke, Artikulation, Stimmhöhe, Melodie etc.) zählt zwar zu den nonverbalen Signalen, ist aber, da es in diesem Buch um eine optische Vermittlung der Thematik geht, hier nicht darstellbar.
Anders ist es mit der Kleidung, der Kleidersprache, die ein wichtiger Parameter innerhab des Komplexes Körpersprache ist. Die wesentlichen Gesichtspunkte seien hier kurz angesprochen.
Wer seine Redewirkung nicht durch sein äußeres Erscheinungsbild gefährden möchte, der wird eine gewisse Rücksicht auf die Erwartungen des Publikums nehmen müssen; es sei denn, der eigene Habitus soll dem Publikum besonders entgegengesetzt werden, die eigene Individualität betont der Gruppe gegenübergestellt werden. Das aber hat dann mit Sicherheit Konsequenzen, über die man sich nicht beklagen darf. Es ist natürlich im Interesse des Redeziels, zu fragen, ob es sinnvoll ist, einer individuellen oder gar egozentrischen Expression den Vorzug zu geben vor einer Einfügung und Zuordnung. Die zuordnende Kleidung hat zweifellos für beide Seiten eine beruhigende Wirkung: sie ist für den Redner risikoloser und gibt den Zuhörern das Gefühl, daß jemand zu ihnen spricht, der zu ihnen gehört — ein nicht zu unterschätzender Vorteil für die Annehmbarkeit der Botschaft! Die exakte, vorschriftsmäßige Kleidung besagt, daß persönliche Bedürfnisse in der Redesituation hinter der gesellschaftlichen Rolle rangieren. Die Einhaltung der gesellschaftlichen Regeln schafft das Vertrauen gesellschaftlicher Verläßlichkeit. Vertrauen ist aber ohne Zweifel eine gute Basis, die erlaubt, auch das Notwendige und bisweilen Unangenehme zu sagen. Die optische Kontra-Haltung führt hingegen möglicherweise zur Abschaltung aller Empfangsstationen, bevor auch nur ein Wort gesprochen wurde. Man wird selbst entscheiden müssen, ob man sich in diesem Punkt taktisch klug verhalten möchte und auch den möglichen Vorwurf des Opportunismus erträgt, oder ob man lieber seiner Radikalität um jeden Preis Ausdruck verleiht. Immerhin wurde eine fatale Beobachtung wissenschaftlich festgehalten: ,,Die Zahlen beweisen mit aller Deutlichkeit, daß der Anlaß, zu dem die Kleidung getragen wird, einen entsprechenden mimischen Ausdruck einschließt" (H.J. Hoffmann). Wenn die Kleidung zum Korsett wird, das die natürlichen mimischen und gestischen Reaktionen erstickt, dann ist aus der gesellschaftlichen Zuordnung eine unpersönliche, sterile Anpassung geworden. Diese Gefahr muß man sehen, dann kann man ihr auch entgegenwirken.
Schlüpfen Sie also mit dem ,,Kostüm" nicht in eine Rolle, die Ihrer Persönlichkeit nicht entspricht! Bewahren Sie sich innerhalb der konventionellen Haut Ihre Individualität! Bleiben Sie innerlich bei jedem Redeanlaß (und beim Trageanlaß der unterschiedlichen Kleidung) immer Sie selbst!

Gestik beim Vortrag

„Paßt die Gebärde dem Wort, das Wort der Gebärde an!" (Shakespeare, Hamlet)
„Insgesamt definiert sich der Begriff des Häßlichen als Gebärde, die durch Reflexion verunglückt ist." — „Demnach wäre ja jede Absichtlichkeit im Handeln für Sie ein Kriterium für einen mißlungenen Ausdruck?" (Peter Sloterdijk, Der Zauberbaum.)
Beide Zitate reflektieren die professionelle Schauspielerei. Und doch sind sie auch für den Redner bedenkenswert, insofern er sich ja (ob ganz natürlich oder kokett-eitel) ebenfalls zur Schau stellt (ob freiwillig oder gezwungenermaßen).
Die großen Kommunikatoren unseres Fernsehzeitalters bieten in dieser Hinsicht ihrem Publikum eine ganze Menge. Das ist sicher ärgerlich, wenn sich die Botschaft in einer perfekten Show erschöpft. Andererseits ist eine intelligente Botschaft, die schlecht „verpackt und verkauft" wird, nur halb so wirkungsvoll.
Wenn die Bewegung ein Teil der Botschaft ist, dann wird sie um so glaubwürdiger sein, je weniger sie geschauspielert, und je mehr sie Teil der Persönlichkeit ist, die sich redend darstellt.

Lassen Sie Ihren Atem ruhig ausströmen! Das sollte der Auftakt zu Ihrem Auftritt sein — ob Sie nun aus dem Saal oder von der Bühne her ans Rednerpult treten. Keinesfalls sich vorher noch mit Luft vollpumpen, was zu einem Stau führen würde, der eine allgemeine Verkrampfung (ein steifes Gehen) zur Folge hätte! Nehmen Sie nach Möglichkeit schon während Ihres Gangs Blickkontakt zu Ihrem Publikum auf! Keinesfalls aber zu Boden schauen! Kein überhastetes Bewegungstempo! Konzentrieren Sie sich bei Ihrem Auftritt auf Ihr Publikum und nicht schon auf Ihre ersten Worte!

Haben Sie Mut zu weiten (nicht großspurig ausladenden) Armbewegungen! Die in Brusthöhe gehaltenen, leicht abgestreckten Arme und die nach oben geöffneten Handflächen betonen die positive Botschaft. Die beidhändige Gestik steigert die Wirkung, sollte also Höhepunkten der Rede vorbehalten sein. Setzen Sie abwechselnd den rechten und linken Arm zur gestischen Unterstreichung ein. Achten Sie darauf, daß der gestische Akzent dem gesprochenen Wort vorausgeht; umgekehrt wirkt Ihr gestischer Einsatz ,,gemacht''!
Die in Taillenhöhe angewinkelten Arme und senkrecht gestellten Handflächen sind eine neutrale Haltung; halten Sie die Handflächen nach unten und unterhalb der Gürtellinie, so bekommt Ihre Aussage eine negative Färbung. Auch wenn Sie das Gefühl bemächtigt, Ihre Arme würden immer länger, sollten Sie sie keinesfalls hinter Ihrem Rücken verstecken. Suchen Sie mit Ihren Händen auch nicht Halt an Ihren Revers, was Ihnen eine nur höchst zweifelhafte Autorität verleihen würde.

Ein Redner, der sich so übers Pult lümmelt, wirkt ,,haltlos''. Der linke Arm liegt versteckt voll auf der Pultplatte, und die rechte Hand umklammert die Kante des Pultes. So ist jede Möglichkeit zu einer angemessenen, die Rede begleitenden Gestik blockiert.
Sorgen Sie dafür, daß das Pult in der für Sie richtigen Höhe eingestellt ist, so daß Sie — wenn Sie nicht frei reden — Ihr Manuskript lesen können, ohne mit ständig gesenktem Kopf dazustehen!

Gestik beim Vortrag (II)

Bevor sie mit Ihrer Rede beginnen, blicken Sie in die Runde, sammeln Sie mit Ihrem Blick die Blicke der Zuschauer ein. Dazu ist es wichtig, daß Sie genügend Abstand von den Zuhörern haben, um den Blick nicht unnötig schweifen lassen zu müssen. Schauen Sie nicht zum Boden und nicht zur Decke, um nicht unsicher zu wirken. Blicken Sie während der Rede in ruhigem Wechsel ganz bewußt eine Person (mal links im Saal, mal rechts, mal hinten im Saal, mal in der Mitte, mal vorn) an; die Herrschaften um die jeweils besonders ins Auge gefaßte (aber nicht mit dem Blick fixierte) Person werden sich alle auf besondere Weise mit angesprochen fühlen.
Fühlt sich Ihr Publikum auch wirklich angesprochen? Kontrollieren Sie die Wirkung Ihrer Rede, indem Sie sie an der Haltung Ihrer Zuhörer abzulesen suchen! Wird da vielleicht verstohlen auf die Uhr oder zum Ausgang geschaut; ist ein Herumrutschen auf den Stühlen zu registrieren? Herrscht also so etwas wie partielle oder gar allgemeine Aufbruchstimmung? Oder ist es zwar noch nicht so weit, aber die Aufnahmebereitschaft dennoch bereits ziemlich eingeschränkt? Denn da sitzen etliche mit verschränkten Armen; andere lümmeln sich gelangweilt, indem sie sich so weit wie möglich zurückgelehnt haben und die Füße unter die Stühle der Vorderleute gestreckt halten.

Nichts spricht dagegen, daß Sie — wenn Sie vom Pult aus reden müssen oder wollen — auch einmal neben das Pult treten. Eine solche Loslösung zeigt, daß Sie auch losgelöst vom Manuskript vorzutragen verstehen. Zudem können Sie Ihr Werben für einen besonders wichtigen Gedanken verstärken, wenn Sie auf Ihr Publikum buchstäblich einmal „zugehen" und es mit einer begeisternden Geste zum „Mitgehen" bewegen. Allerdings darf dies dann nicht in ein Hin und Her ausarten, das Sie selbst nervös oder großspurig erscheinen lassen würde und Ihre Zuhörer nervös machen müßte.
Der Eindruck von Nervosität, der sich auf das Publikum überträgt, entsteht auch, wenn Sie an sich herumnesteln.

Ohne Rednerpult stehen Sie frei (ohne trennende Barriere) von Ihren Zuhörern. Dem ist allemal der Vorzug zu geben! Stehen Sie mit leicht durchgedrückten Knien; die Füße zwei Handbreit nebeneinander, derart, daß Sie einen Winkel von ca. 45 Grad bilden. Halten Sie Kopf und Oberkörper gerade. All dies sind Voraussetzungen für eine gute Atmung. So werden Sie weder starr noch schwankend. Wählen Sie für die Arme eine der drei möglichen Grundstellungen: a) ein Arm in Magenhöhe angewinkelt (wie hier gezeigt); b) beide Arme angewinkelt und die Hände locker vor dem Magen ineinander gelegt; c) beide Arme und Hände locker am Körper herabhängend. Alle drei Ausgangsstellungen geben Ihnen die Möglichkeit zur sofortigen gestischen Unterstreichung Ihrer Aussage (im Gegensatz beispielsweise zu gefalteten Händen).
Übrigens: Requisiten (z. B. ein Kugelschreiber oder die Brille) verstärken die gestische Akzentuierung keineswegs, sondern wirken nur störend!

Die Hände in den Jackettaschen sollen ein Manko vertuschen: Wer die rethorischen Gesten nicht beherrscht, getraut sich verständlicherweise nicht, Gestik überhaupt einzusetzen. Aber eine solche Verkümmerung kann beim Audiotorium den Eindruck erwecken, auch um den Inhalt der Rede sei es kümmerlich bestellt. Zudem wirkt eine solche Haltung respektlos; die heraushängenden Daumen wirken überheblich.
Wenn Sie aber während Ihrer Rede bisweilen eine Hand in der Tasche halten, so wird das heute durchaus toleriert.

Schlußwort

Wenn in diesem Buch wiederholt vom „Augentier" Mensch die Rede ist, so ist dies durch die Erkenntnisse der Wahrnehmungspsychologie gut begründet. Dennoch bleibt kritisch zu fragen, ob wir als intelligente Wesen, die mittels der Sprache zu analysieren, zu argumentieren und Schlüsse zu ziehen vermögen, mit Sprache also denken und Gedanken formulieren, dem Visuellen einen Tribut zollen dürfen, der einer fatalen Bequemlichkeit entspringt.
Die Flut der Bilder, die alle Informationen in eine Show zu verwandeln droht, birgt die Gefahr schlimmer gedanklicher Vereinfachung. Die Dominanz des Bildes droht, das Image zur eigentlichen Botschaft zu machen. Wir laufen Gefahr, den Satz „Sehen ist Überzeugtsein" zu bestätigen — als liege allein in den Bildern die Wahrheit!
„Die Wahrheit kommt nicht ungeschminkt daher und ist niemals so dahergekommen. Sie muß in der ihr angemessenen Kleidung auftreten, sonst wird sie nicht anerkannt, mit anderen Worten: Wahrheit ist so etwas wie ein kulturelles Vorurteil" (Neil Postman). Wenn die „Kleidung" aber dominiert, so daß sie zur Verpackung wird, dann ist möglicherweise von der Wahrheit nicht mehr viel zu sehen. Wer dem Visuellen die Vormachtstellung einräumt, der könnte dazu neigen, sich in seinem Denken und Sprechen mit einer zweifelhaften Schlichtheit zu begnügen.

Was in einem politischen Diskurs gesagt wird, sollte immer noch wichtiger sein als das Gesicht des Redners. Es ist bedenklich, wenn uns die Gesichter von Politikern stärker präsent sind als ihre Aussagen.
Mit dem Fernsehen ist eine neue Gewichtung unserer Wahrnehmung erfolgt: wir drohen dem Sehen gänzlich zu verfallen. Einer solchen Betrachtungsweise der Dinge möchte dieses Buch keineswegs Vorschub leisten, wenn es sein Augenmerk auf die nichtsprachlichen Botschaften lenkt! Die Wahrheit liegt — wie so oft — in der Mitte; extreme Standpunkte beinhalten oft nur eine Teilwahrheit. Der Ratschlag, alle visuellen Eindrücke beiseite zu lassen und nur auf das Wort zu hören, wäre genauso unsinnig, wie die Empfehlung, nur dem optischen Eindruck zu glauben.
Nur wer mit Augen und Ohren wahrzunehmen versteht, hat die Chance, der Wahrheit näherzukommen. Nur wer seine Information an Auge und Ohr richtet, hat die Chance einer möglichst umfassenden Botschaft.
Deshalb zum Abschluß noch einmal die wichtige „Gebrauchsanweisung" für dieses Buch: Die Beurteilung körpersprachlicher Signale fordert immer die Beachtung der Gesprächssituation (Wer spricht da mit wem, wo, wann, worüber, zu welchem Zweck?). Kombinieren Sie die verschiedenen visuellen Eindrücke, und vor allem: setzen Sie sie in Bezug zum Gesagten!
Bewahren wir also das Gleichgewicht von Gehörtem und Gesehenem, von Sprachlichem und Nicht-Sprachlichem, von Körper und Geist!